黑咪

林加春
著

CONTENTS 目次

CONTENTS 目次

1 會釣魚的貓

下課時間，學校裡找不到一塊安靜的地方，每個角落裡都有聲音。

流浪貓黑咪趴在水池邊上，看著小朋友玩溜滑梯。

剛才，有小朋友跑來逗弄他：「貓咪，你好可愛！」「貓咪，我帶你去玩。」「貓咪，你今天吃飯了沒？」七嘴八舌在他耳邊吵，甚至蹲下來摸他，一些膽子大的，還居然

一把抱起他來。黑咪被這些人搞得心情壞透了，沒好氣的瞄兩眼，懶洋洋的躺下來不加理會。

現在還好，小朋友自己玩得開心，沒人來打擾黑咪。他們把一個紅色皮球從滑梯上頭滾下來，滑梯下的人撿起球，趕忙就「蹬蹬蹬」踩著台階跑上去，原先丟球的人也「呼——」的從滑梯上溜下來，然後換人丟球、撿球，爬樓梯、溜滑梯。有時候，球滾出滑梯，撿球的人手忙腳亂滿地找球，上上下下的人就一陣拍掌叫嚷，似乎很好玩的笑成一團。

這樣也算好玩？貓兒黑咪懶懶的合上眼皮。這些人根本不會玩，把球或人就這樣直接丟下滑梯，太沒創意了！

上課鐘聲響起，四周圍哇哇嘩嘩叫成一片。黑咪張開眼看，剛才那堆人慌慌張張的往教室跑，才眨眨眼，人全跑光了。水池邊沒有人，操場上沒有人，花園裡沒有人，滑梯上下沒有人，到處空蕩蕩……

「喵嗚」，黑咪驚奇的叫出聲，眼光停在鼻子前面。嘿，一個紅色的皮球，不就是剛才那些小朋友在玩的球嗎？

黑咪站起來，慢慢踱向那個皮球。「喵嗚」「喵嗚」，他想著要怎麼玩，有格調的玩法可不是像那種直直溜下去的樣子喔。

頂住球，黑咪花了好大的勁兒，把球給弄上滑梯頂。他坐下來，用整個身體裹住球，然後，骨碌碌地，一個大黑球包著一個小紅球，就悄沒聲息的滾下來了。

哈，成功！黑咪興奮的喵喵叫。

可是，他忘了抱住那個球，紅皮球從黑咪懷裡滾

出來，直接滾進水池去了。「砰」，幾顆水滴飛上黑咪的臉。

皮球被池子裡的水芙蓉擁在懷中。那幾朵水芙蓉輕輕顫抖著，為自己神奇的好運感到驕傲。

黑咪回到他剛才打盹曬太陽的位置，看住那個球。水芙蓉下面有東西在動，是魚！黑咪張牙舞爪，朝著水底「喵嗚——」「喵嗚——」扮鬼臉，想嚇嚇那些魚。

「喵嗚——」水裡面出現一張醜陋猙獰的臉，對著他齜牙裂嘴。黑咪看得火大，一陣喵喵亂叫，那張臉也起勁的跟他咆哮。

突然，水中的臉晃動起來，碎了！

怎麼會這樣？

黑咪停下來，愣愣的望著水池。

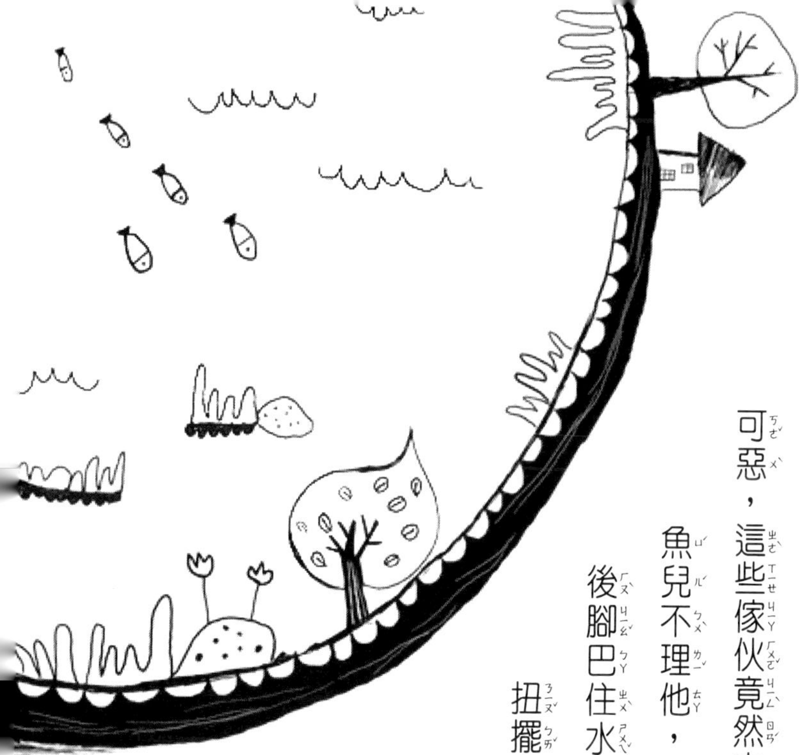

一群魚兒游來游去，比賽吹泡泡。大金魚瞧見黑咪在參觀，索性探出頭，朝黑咪「啵啵」送他兩個飛吻。

可惡，這些傢伙竟然來戲弄我，黑咪不滿意的朝魚兒喵喵叫。

魚兒不理他，優雅的款擺身軀，鑽進水芙蓉根部。黑咪後腳巴住水池，探出身把水芙蓉拉近池邊，魚兒又一扭擺，不見了。

黑咪玩興大發。流浪貓會抓老鼠，會不會抓魚呢？黑咪覺得自己有必要證明一下。

他把爪子伸入水中想要抓魚。水被撩來撥去，有幾次，魚就從他的爪間游過，滑滑的，可以感覺到尾巴甩動的力量，可是，黑咪就是沒辦法抓住。魚像一陣風，太輕巧，太快了。

收起爪子，黑咪決定換一種方式。他坐在水池邊上，背對著水池，把尾巴垂到水中，釣魚。

魚兒聚在水芙蓉底下，聊聊天，又散開來，玩水、玩紅皮球、玩吹泡泡，再到水芙蓉底下玩捉迷藏。然後，他們發現了那黑黑的，垂在水中的東西。

這是什麼？一根棍子？一枝荷花莖？還是一大塊食物？或者，是另

一叢水芙蓉的根？

魚兒們繞著這黑黑的東西打轉。

黑咪靜坐不動，他知道魚兒已經發現了目標，水流輕輕擦著他的尾巴，好像有誰在撫摸他，可是，「絕對不是魚」，他知道。

魚兒們試著去碰觸這黑黑的東西，很小心的，用頭去頂，用身體去撞，用尾鰭去掃。

黑咪坐著沒動。他知道魚兒已經靠攏來，尾巴被魚兒推撞著，可是，「現在還不是時候」，他知道。

魚兒們開始用嘴巴去

吻，碰一下就馬上轉身游開。他們輪流來，雖然這黑黑的東西一點反應也沒有，可是，他們也沒有吃到什麼。

這東西，是食物嗎？

黑咪動也不動。他知道魚兒們的主意，雖然尾巴被咬了好幾下，但是不會痛，「現在還不行」，他知道。

魚兒們不再害怕，他們只想弄明白：到底這黑黑的東西能不能吃？

大金魚游上前，狠狠咬下去。

哇，好機會！黑咪彈起來，尾巴快速一甩，「潑剌」，大金魚飛出魚池，被摔到岸上。

「喵嗚喵嗚」，黑咪叫。「啪答啪答」，金魚跳。下課鐘聲也「噹噹噹噹」，加進來湊熱鬧。

哇哇嘩嘩的一大群小朋友衝過來：「哎呀，皮球掉進水池了。」

「欸唷，魚怎麼跳上來了！」「真厲害，一定是皮球把魚打上來的。」

「我們去撿球。」「我們把魚放回去。」

吵吵嚷嚷的一堆聲音裡，流浪貓黑咪懶洋洋的躺到水池邊，看著皮球被撈起來，金魚被放回水池。

「喵嗚」「喵嗚」，他閉上眼偷笑，哼哼，一隻會釣魚的貓才厲害！

2 了不起的創作

冬天才把後腳提起，蜘蛛就迫不及待的在樹上掛起一張漂亮的網，很大，很密，完完整整的，蜘蛛坐在網中間，很得意。

流浪貓黑咪趴在牆頭上，瞧著這張網。

剛才，一隻蚊子被困在蜘蛛網上。網子晃動得很厲害，把蚊子搖昏了頭。蜘蛛用力扯動網子，先把蚊子搖昏後，才爬過去吸食這份點心。

剛才的剛才，蜘蛛還在結網，不但爬來爬去，還像空中飛人一樣吊在半空裡，旋轉擺盪。黑咪被蜘蛛的身手迷住了，等他察覺時，細密的

蜘蛛網不但已經完成，而且立刻就開張大吉——蚊子成了第一個獵物。

「他那張網不牢靠。」黑咪想：「一陣風來就會把它吹破！」

不過，蜘蛛的確了不起，能做出這麼精緻的網子。

「我也辦得到，而且我的網子一定會更神奇、更厲害。」黑咪毫不猶豫的告訴自己。

垃圾堆裡有毛

線球。黑咪叼起毛線球，爬到蜘蛛網旁邊的大榕樹上，學蜘蛛爬來爬去，橫七豎八上下左右的穿進繞出。

麻雀嘰嘰喳喳，不斷飛過來批評：「春天來了，替榕樹織毛衣做什麼？簡直是頭殼壞去！」

蜘蛛一邊巡視網子一邊接腔：「對，又醜又笨重，這種東西能做什麼用？」

哼哼，等著瞧吧。黑咪很清楚自己正在進行了不起的創作，何必為這種無聊的話停下來呢！

可不是嗎？瞧，樹上掛著一張五顏六色的錐形網袋，巧妙的攀在樹枝和樹枝中間，口朝著天。黑咪搖晃樹枝，那錐形網就一忽兒左，一忽而右，有時開口有時閉嘴，變化多端。

只可惜，還沒剪綵就來了一場西北雨，黑咪躲在屋簷下，先觀看天空表演。

風呼呼的喊，雨嘩嘩的叫，樹葉颯颯的響，一陣昏天黑地之後，雨小了，停了；風累了，走了；樹葉啞了，安靜了。天空慢慢放晴，亮出笑容。

蜘蛛網不見了，幾根細絲沾著雨水，黏在樹葉上。找了一會兒後，黑咪才看見蜘蛛，狼狽的在樹根旁跳來跳去。

「還是你行，網子一點事也沒有。」蜘蛛說。

誰說沒事！黑咪的錐形網裡，有隻麻雀被困住了，正嘰嘰喳喳慌亂驚叫，吵著要出來。

「喂，你是來避雨的嗎？」黑咪問他。

流浪貓「喵嗚喵嗚」的叫聲嚇壞了麻雀。「請你放我出去！」麻雀哀求著，這個網子又深又密，翅膀張不開也跳不高。

黑咪把頭一伸，麻雀像顆足球般被他頂出去，拍拍翅膀，自由了。

看吧，這網子比蜘蛛的網還堅固牢靠，連麻雀都抓得住，多好！

黑咪伸個懶腰，一不小心也滾進網子。咦，躺在裡頭感覺不錯唷！

黑咪這才發現：他做了一張最合自己用的吊床啦。

3 喝水吧，花

放假日，學校裡的花草沒人照顧，全都脫了水，軟趴在地上，抬不起頭。

流浪貓黑咪散步到圍牆邊，看見花草乾癟枯黃的身軀，立刻也被傳染了。

「喵喵」，好渴呀！黑咪覺得嘴巴乾得像要裂開來。

地上有條水管，可是沒半滴水！

黑咪沿著水管找到一個水龍頭，他跳上去掰掰轉轉，聽見水「吃

吃」流動的聲音，趕緊踩著水管跑：「有水了，有水了！」

肉肉的腳掌下，水流得又大又急，黑咪興奮的跟水賽跑。來到水管出口，地上乾乾的，水呢？

黑咪趴下身要看仔細，冷不防水噴出來，涼涼濕濕地衝到他臉上，黑咪「喵喵」叫，覺得好好玩，嘴巴也不渴了。

地上很快流滿一灘水，黑咪咬起水管，放到一旁的玫瑰花叢下。

「喝水吧，美麗的阿花。」黑咪看著玫瑰花，喵喵叫。

「啊，太好了！」甜美清涼的水，讓玫瑰花從昏睡中醒來，搖搖身

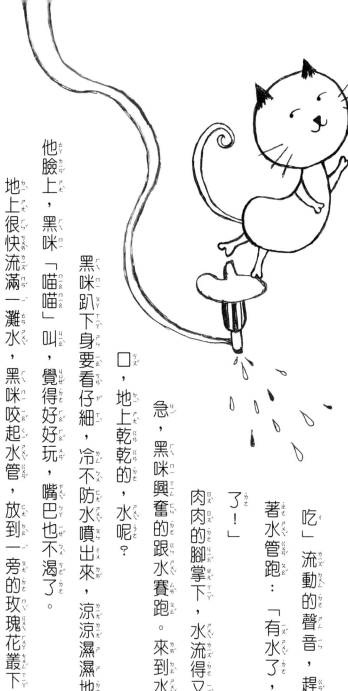

體嬌嬌的道謝，還露出笑臉歡呼。

黑咪很高興，等玫瑰花叢也流滿一灘水，才咬起水管接到另一邊去。

他看過人家澆水，這邊噴噴，那邊灑灑，只要有水管，一點也不難，可是把水管拖來拉去實在很累，才換第三個地方，黑咪就已經喘噓噓，嘴巴發麻，咬不動那條長長的水管了。

他張大嘴使勁咬住水管，拖！腳抵著地，拉長身體，費力的拖！水管終於掉轉頭，朝向矮牽牛。

「啊，真舒服！」清涼甜美的水，讓矮牽牛重新舉起喇叭，

答答滴滴。

放下水管後，黑咪驚訝的發現：水管破了，被他咬出一個洞。

「吃」，從破洞裡射出一條小水柱，灑出細細的水花，落在另一邊的波斯菊上。

「水！水！」波斯菊舔著嘴，興奮的喊。

水氣讓不安的花草們紛紛騷動：

「我也要，我也要。」「給我水喝！水在哪裡？」「我快渴死了……」

哈，就這麼辦！黑咪把整條水管都咬出破洞，一整片水柱噴出來，變成壯觀的水幕，太陽看得眼睛一亮，

撒出一道美麗的彩虹來助陣。

花草們喝足了水，精神恢復了，全都立正站好，對著黑咪點頭鞠躬：「你真好。」「我愛你。」

黑咪笑嘻嘻，先跑去把水龍頭關好，再回到花叢裡。

「放心吧，以後我負責澆水，你們都不會口渴了。」黑咪神氣的說。

4 牛奶盒會走路

校園裡有人在遛狗。白色博美狗被長長的繩子套住，脖子上還掛了個鈴鐺，又繫了個粉紅色蝴蝶結在頭上。

「哼，一隻玩具狗！」流浪貓黑咪趴在水溝邊伸懶腰，不屑的朝博美狗「喵喵」叫。

「別理他，多多來。」牽狗的胖婦人扯緊繩子，哄小娃娃一樣的說著。白博美狗轉回頭，不再看黑咪，跟在胖婦人身旁忽左忽右。

走沒兩步，多多停下來屙大便，那胖婦人趁機和其他散步的人打招呼：「唷，王先生，剛來呀。」「李太太，今天怎麼沒帶你們球球出來？多多最喜歡跟球球玩……」

玩什麼？到處是一坨坨「地雷」！

黑咪氣憤的瞅著那隻狗：這種被人牽著走的玩具，狗不像狗，偏偏又髒死了，隨處大便，打扮得再漂亮有什麼用！

可不是嗎？

當小朋友陸續進到學校，就聽見

校園各處不時傳出尖叫：「哇，好臭哦！」「小心！前面有大便！」

「哈哈，你踩到狗屎了。」「慘了，我怎麼這麼倒楣……」

連大人都受不了。「這些人真是的，把校園當成狗馬桶，我看，八成是阿達族的。」手臂掛著「總導護」臂章的人扯開嗓子叫。

「那些人的公德心簡直像狗屎……」來操場作晨間運動的老歐吉桑，邊跑邊嘮叨，他為了閃一坨狗屎，差點和後面跑來的人撞上。

聽著聽著，黑咪不禁氣惱的伸出前爪，蹬起身。咦呀，好巧不巧，居然被他壓到一隻老鼠！

「拜……拜託……請……請……」小老鼠在貓爪下發抖，顫著聲音求饒：「放……放……了我……我……」

「喵嗚」，黑咪好氣又好笑：「是你自己跑來讓我抓的。」

小老鼠嚇得尾巴亂甩：「我……我以為……你……你在睡……睡覺……」

「什麼睡覺！我正在生氣！」

黑咪的話讓小老鼠更是六神無主：

「拜託……求求你……你不要生氣……你你……放了我……我……什麼都聽你的……都聽你的……」

「都聽我的？」黑咪重複一遍。這倒有趣啊！一隻小老鼠跑來，說「什麼都聽你的」，嗯，那意

思就是說：「你要做我的寵物！」

「嘎，寵物！」小老鼠大吃一驚。

「怎樣？行不行啊？」黑咪不懷好意的「喵嗚」「喵嗚」叫出聲。

「行啊，行啊，只要你放了我。」小老鼠點頭如搗蔥。

「好。」黑咪果真收回前腳。

小老鼠瑟縮著身體問黑咪：「我可以走了嗎？」

「等一下，你仔細聽好，記住：我要叫你『小小』。聽到我喊『小小』，你就要趕快跑來找我，知道嗎？」

「知道。」小小一溜煙跑了。

小傢伙真的會乖乖當我這流浪貓的寵物嗎？管他的。

黑咪爬上自己在校園滑梯底下的那個「寶座」，現在，是他接受小朋友「進貢」的時間。

通常，他都這樣開始：「喵喵，喵喵，你們好嗎？」

聽到黑咪的聲音，小朋友紛紛跑來，蹲下身，爬進滑梯下頭：「貓咪，你來啦。」「你肚子餓不餓？」「貓咪，我請你吃糖果。」

「要不要喝牛奶？」一盒打開的鮮奶擺在他面前。

黑咪猶豫一下。他喜歡牛奶，香香的牛奶總是讓他肚子咕嚕嚕叫。

他聞一聞，唔，味道真香！黑咪低下頭……

「哇，貓咪喝牛奶了。」「來，來，這塊鮪魚壽司也給你。」「還有我的……」

很快，黑咪面前放滿東西了：蛋糕、糖果、壽司、牛奶、半塊芭樂、一小瓣蘋果……

「喵喵，謝謝你們，喵喵。」黑咪感動極了。小朋友天真活潑，善良溫柔，下課就來看看他、說說話，但絕對不會拿繩子套住他，多麼讓人喜歡的孩子！

等到上課鐘響，小朋友跑回教室，黑咪才叼起一樣樣的「貢品」回到他的窩——圍牆邊的草堆裡。

「小小，小小。」黑咪跳上圍牆，喊著他的寵物。

「我來囉。」一隻小老鼠從水溝裡竄出來。是小小，黑黑的眼珠亮晶晶，個頭小得只比貓爪大一點點，黑咪居然能抓到這小傢伙，真是走運。

「喵喵，喵喵。」黑咪把蛋糕、水果丟給小小：「喏，給你吃。」

小小捧起蛋糕，坐下來就啃。那塊跟他身體一般大的蛋糕，把小小的肚子撐得圓滾滾，裝不下別的啦。

「你把這個拿去丟。」黑咪叼起空牛奶盒，蓋在小小的身上：「走。」

小小頂著個大牛奶盒，幾乎看不見路，跌跌撞撞的，活像牛奶盒長了腳。

「汪汪」，「汪汪」，狗叫聲讓牛奶盒停住不動。

「喵喵，沒叫你停啊，走！」黑咪催促著，於是，牛奶盒又繼續走。

「汪汪」，是那隻白色博美狗多多，他一叫，牛奶盒又停著不動。

「喵嗚」，黑咪生氣的叫，牛奶盒又開始走。

這是怎麼回事？狗叫，牛奶盒就不動；貓叫，牛奶盒就動！多多很疑惑，看著牛奶盒一會兒走動，一會兒停止，「為什麼我叫不動它？」

哼哼，你這隻玩具狗，管什麼閒事？讓你看點好玩的！黑咪對著牛奶盒喊：「小小，你聽好，走到大樹邊，把盒子放下後你就走開。」

看流浪貓「喵喵」「喵喵」叫，牛奶盒就走啊走，多多忍不住跑過來，先朝黑咪吼叫：「汪汪，走開，汪汪。」

黑咪不理他，閉上嘴掉轉頭就走，背後傳來狗叫聲：汪汪汪汪……

多多用力大聲的喊，靠近空紙盒拼命的喊，牛奶盒還是動也不動。

在教室上課的小朋友和老師，受不了狗叫連天，探出頭來看。

什麼事啊？一隻狗對著一個空牛奶盒鬼叫鬼叫的。

工友叔叔拿著棍子來趕狗，胖婦人拿著繩子來拴狗，他們都在罵狗：「叫什麼叫！」「亂亂叫！」「放你出來就撒野！」「看到鬼啦！」

狗被套上繩子牽走了，狗聲人聲都消失了，校園安靜下來後，圍牆上黑咪「喵喵」輕笑，老鼠小小「吱吱」應和：「有隻老鼠做寵物，不賴吧！」

5 雞狗都乖你們不乖

學校剛放暑假，流浪貓黑咪的假期卻結束了，不再有小朋友來陪他玩，沒有人提供各式各樣飲食、玩具給他享受，沒有人來早晚問安，唱歌說笑逗弄他。

黑咪不但寂寞，而且還得餓著肚子到處找食物，簡直是從五星級飯店住到垃圾堆了。

大排水溝旁，廢棄物堆得像小山，水嘩啦嘩啦，配上岸邊一片竹

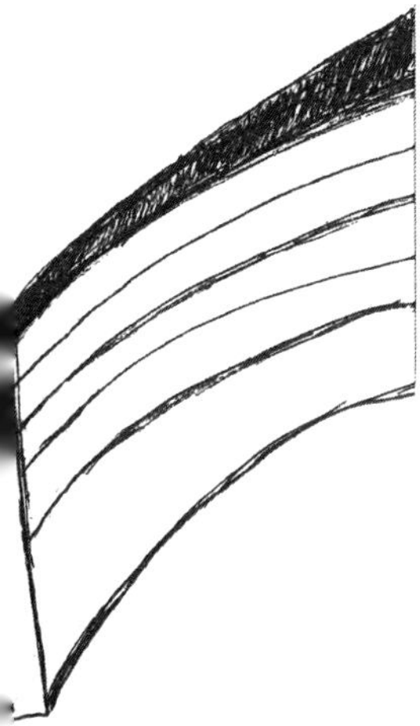

林，墨綠綠的，看起來亂七八糟卻又生機盎然，流浪貓黑咪帶著寵物小小逛到這裡，碰上一樁新鮮事。

「ㄍㄧㄍㄜˇㄍㄨㄞ——ㄍㄧㄍㄜˇㄍㄨㄞ——」，一隻小竹雞在竹林下的草叢裡練唱歌。

黑咪聽得大樂，學小傢伙唱：「ㄌㄧㄌㄡˇㄌㄨㄞ——ㄌㄧㄌㄡˇㄌㄨㄞ——」，還真像哩。小竹雞得到唱和，更叫得起勁啦。

逗弄幾句後，小竹雞卻唱走了音：

「ㄍㄧ——ㄍㄧ——」「ㄍㄧ——ㄍㄧ——」，簡直不能聽！黑咪瞪著小竹雞撲撲跳跳的樣子，奇怪，他在怕什麼呢？

微風吹過，帶來竹葉窸窣聲，黑咪耳尖，聽到竹枝上細微聲響。他抬起頭找，什麼也沒看到，小小卻先嚇得吱吱亂叫，身子拼命往後縮，小竹雞更是站在窩裡猛拍翅膀，「ㄍㄧ——」得悽慘極了。

「那上面有什麼？」黑咪問小小。

「蛇啊，有隻蛇要爬下來了。」蛇會吃老鼠，難怪小小那麼害怕。

黑咪盯著竹子叢，由上而下，循著竹幹竹枝找。喔唷，真有條細細長長的綠繩子，掛在竹幹上滑溜著，是青竹絲。

「一定是來吃你的，你慘了。」黑咪告訴小竹雞。

可憐的小竹雞，沒有張翅飛的本領，翅膀拍呀拍，跌在窩裡頭哀哀的叫。

「喂，你爸媽呢？怎麼把你丟在家裡不管呀！」黑咪瞧瞧青竹絲又看看小竹雞，「喵喵」，他抬頭罵那壞傢伙：「喂，你少亂來，我們要愛護小動物，你知不知道？」

你帥啊？誰要理你！青竹絲吐吐舌頭，依舊游繞在竹枝上。

小竹雞慌張的跳出窩巢，在草地上嚇得團團轉，不知道該躲在哪裡好。青竹絲也在猶豫：若

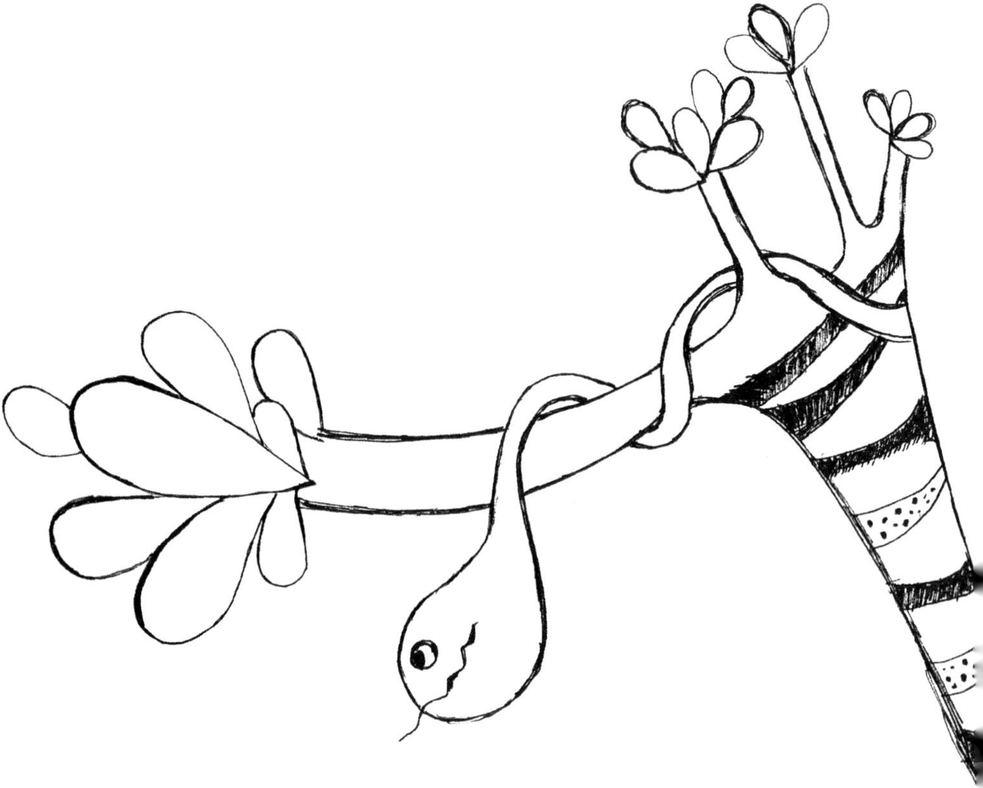

要循著主幹爬下來，只怕小竹雞跑掉了，也許，從竹枝撲下會比較快些……

黑咪縱身一跳，抓住竹枝末稍，使力往下拉。「喂，你從這邊爬下來，不然小傢伙跑掉了，你也沒得吃啦。」他對青竹絲喊。

看蛇還在考慮，黑咪又喵喵叫，催著青竹絲：「快呀，我幫你把竹子抓住，你就這麼爬下地來，快點……」

小小看到黑咪居然去幫蛇，又驚又氣：「不要啊！」他吱吱叫，跑掉了。

小竹雞發現情況不妙，急昏頭的往水溝跌跌仆仆過去。擔心到口的食物跑了，趴在竹枝上磨蹭的青竹絲，連忙游向竹子末梢。

「加油，快啊。」黑咪連聲催，渾身使勁，把根竹枝硬是拉得彎個腰，差些跟草堆親吻。估計青竹絲就要下地了，黑咪全身一鬆，「刷拉拉」，整根竹枝彈開來，青竹絲被大力甩出去，美美的在空中劃個弧形，不偏不倚掉入排水溝，隨著嘩嘩的水流消失。

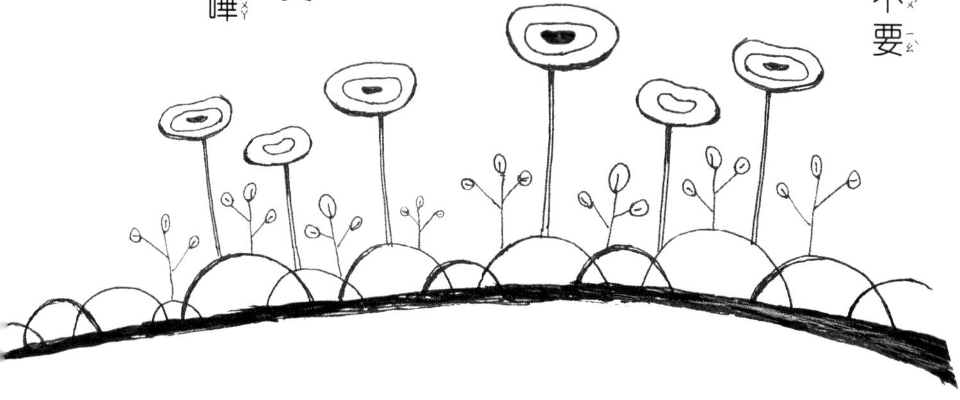

　　哼哼，真好騙！黑咪喵喵叫，為自己的計謀成功偷偷笑。他叼起岸邊的小竹雞，回到草堆放進窩巢。

　　小竹雞傻愣愣的，嚇呆了，黑咪只好又「ㄌㄧㄌㄡˇㄌㄨㄞ——ㄌㄧㄌㄡˇㄌㄨㄞ——」的逗弄他。

　　「雞狗乖——雞狗乖——」，一對大竹雞急匆匆趕來，是小竹雞的爸媽。

　　黑咪「喵喵」「喵喵」叫，豎起尾巴，兇狠狠瞪他們：「哼，雞跟狗都乖，就是你們不乖！把小孩丟在家裡不管，違反兒童福利法！」

6

貓的即興式

大水溝對岸，竹叢後頭有塊綠油油的大草皮，流浪貓黑咪約了黃狗和青蛙去那裡郊遊。

黃狗沒問題，跳下水溝，「劈劈啪啪」，一陣水花亂打就上了岸，動作真快。

黑咪問青蛙：「他這是什麼功夫？」

「狗爬式。」青蛙貼在地上，說完一蹬腿，躍進水溝裡，幾個伸展後，也上了岸。

厲害，厲害，黑咪佩服極了，「不知道這又是什麼功夫？」

「告訴你，他這是蛙式。」一個啞啞的聲音在他背後說話。黑咪回頭找，原來是隻癩蛤蟆。

黑咪望著水溝對岸發愁。狗爬式、蛙式，都很有名堂，自己要用什麼招式過去呢？

「來，我教你。」癩蛤蟆叫黑咪泡到水裡，划動四隻腳。

黑咪覺得背上涼涼的，他大聲問：「喂，怎麼有風呀？」

「別講話，我在運功吹氣，要把你吹到對面去。」

黑咪回頭看，果然，癩蛤蟆腮幫子鼓得像空中氣球那般大，不得了，這口氣吹出來一定像颱風，他趕緊閉上嘴，四隻腳拼命划。等了好久，身體怎麼還在原地泡水？

「砰」，一顆白皮球掉在他旁邊。「你抱著皮球划水過去吧。」癩蛤蟆洩了氣的說。

噢，原來蛤蟆功遇到貓大俠就被剋住了！

黑咪抱著白皮球，慢條斯里的划水。先前，黃狗和青蛙都是急沖沖的游過去，我就偏來個悠哉悠哉，跟他們別別苗頭。

「怎麼樣，要不要我幫你呀？」水中突然出現黑影，媽咪呀，是蛇啦！

黑咪一下亂了手腳，急得「喵嗚」「喵嗚」叫。黃狗和青蛙看情況不對，又「撲通」「撲通」跳進水中，要來救黑咪。

貓尾巴最可憐，蛇就吻著它哩！黑咪靈光一閃，全身用力，突然從皮球上跳起來，豎著身體，用他僵直的尾巴在青蛙身上點一下，把身體彈

出去，又落在黃狗身上點一下，再度彈起來。糟糕，離岸邊還差一截！竹子緊張的探出身軀來觀看，黑咪張開嘴，咬住一撮竹葉，扭呀擺呀，盪鞦韆似的向草皮晃去，然後鬆口，輕巧的跳下來。

「喂，你在撐竿跳嗎？」黃狗甩甩濕淋淋的毛問黑咪。

「那是蜻蜓點水的功夫，我看過。」青蛙跳過來說。

「不對，他用的是自由式。」啞啞的聲音說。唷，癩蛤蟆也來了。

「都不對，你們都說錯了。」黑咪興奮的喵喵叫：「我這招叫作『貓的即興式』！」

7 我什麼都沒有

今天校園裡熱熱鬧鬧的，小朋友嘻笑叫嚷、活蹦亂跳，從上學進校門就沒有片刻安靜。

流浪貓黑咪注意到，小朋友全都用跳的、跑的，沒有人是好好走路，當然也沒有誰是好好說話的，他們全都用叫的、笑的。

連空氣也很特別！黑咪覺察出，校園中飄著些奇奇怪怪的味道，他

身上的毛總是莫名奇妙的就偷偷豎起來，不時被突來的尖叫和爆笑給嚇一跳。

然後，黑咪看到了烏龜、兔子、老鼠、猴子、雞、鴨、鳥、魚……關在籠子裡、抱在懷裡、牽在手裡、躺在水族箱裡……亂七八糟的一大堆動物，被小朋友帶來學校，到處展示。

這裡要蓋動物園嗎？黑咪納悶極了。

「咪咪喵，來，這塊蛋糕給你吃。」一個光頭小男生來到滑梯下黑咪的寶座前，蹲下來。是阿寶，他今天穿得很乾淨整齊，跟平常一樣。

「喵喵，喵喵。」黑咪感謝的笑笑。

「咪咪喵，你知道嗎？今天是打扮寵物比賽耶。大家都有寵物，丸偉有博美狗，湯尼養一隻黃金鼠，黑皮有巴西烏龜，小廖要帶寄居蟹來，彭哥更臭屁，說他有一隻大蜥蜴，嗯，一定很大……」

黑咪瞇著眼，靜靜看著阿寶。這光頭男生真好，每天都來看他，不是拿蛋糕牛奶給他，就是飯糰麵包；還講一大堆話給他聽，溫柔的摸他，連放學了都還來跟他說再見。像今天，大家都忙得忘了他這隻流浪貓，只有阿寶記得來看他。

「咪咪喵，媽媽為什麼不准我養寵物？我知道她怕蟑螂、蜘蛛、老鼠、毛毛蟲，那我可以養鳥啊、狗啊、魚啊，可是我什麼都沒有……」

阿寶看著黑咪：「還好，我可以到學校來跟你玩！」

上課鐘響，阿寶站起身：「我進教室去了，再見。」

「喵喵，喵喵。」黑咪也站起來，跟阿寶再見。看阿寶走進教室，黑咪伸伸懶腰，「嗯，我應該跟去看看，回報他一下。」

黑咪想著，慢慢踱進花園裡，在盛開的花叢中打滾、穿梭。花好香呀，黑咪索性把花朵貼在身上，「喂，跟你們借點香水用用。」既然要去拜訪朋友，總要打扮一下嘛。

離開花園，黑咪朝阿寶的教室走去，幾隻蝴蝶聞到花香，飛來停在黑咪身上。

「好吧，我帶你們去看我的好朋友。」黑咪很大方的招呼蝴蝶們。

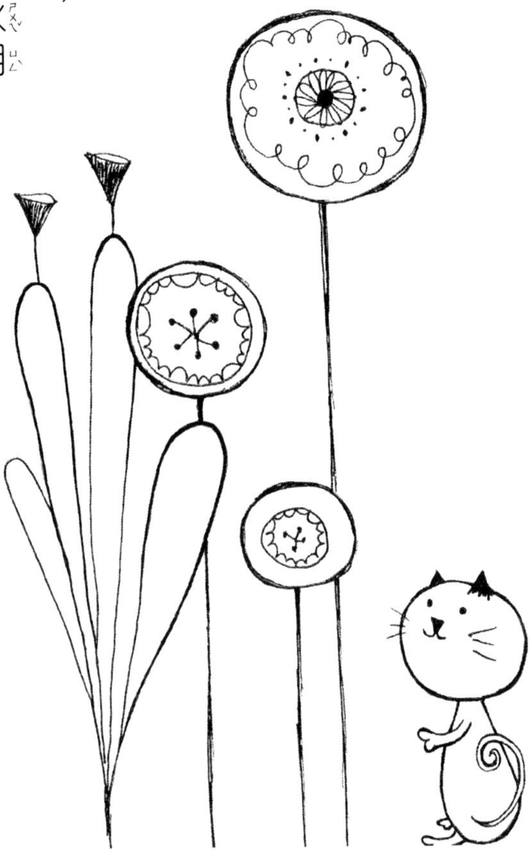

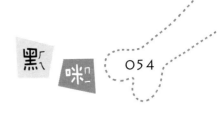

教室裡鬧哄哄，一個大胖子男生正在鞠躬，抱著一隻燙了米粉頭的狗走下臺。「丸偉，你的狗真漂亮……」小朋友叫。

又一個男生上台了。「彭哥，加油！」小朋友看見彭哥捧著一隻大蜥蜴，又怕又愛的笑起來。

黑咪看不見阿寶，他坐在哪裡？這麼多人，萬一被踩到就倒楣了，還是到台上去比較能看得清楚。

「喂，小心別亂動喔。」黑咪對著身上的蝴蝶打個招呼，輕輕巧巧就跳上講台，挺直了背脊，很優雅的坐好。

「噢！」「哇！」教室裡響起一片讚嘆：「太帥了！」「這是誰的寵物？」

黑咪靜靜看著每一張臉。阿寶呢？哎呀，他坐在角落邊上，可是他怎麼低著頭呢？

黑咪交代蝴蝶們：「坐好喔。」他靈巧的一縱身，跳到台前的課桌上，像模特兒走伸展台般，悠然自在的走到阿寶面前，「喵喵，喵喵。」

阿寶的光頭很快抬起來，黑咪看著小男孩的眼睛：「喵喵，喵喵。」他跟阿寶打招呼。

阿寶的眼睛亮出一片光，太陽爬到阿寶的臉上，用力親那白白臉頰。「咪咪喵！」阿寶興奮的叫出來，臉上

紅紅熱熱的。

這是暗號嗎？黑咪「喵喵，喵喵。」一邊回應，一邊跳上阿寶的頭頂。

哇，酷斃了！一顆蘋果臉蛋上，坐著一隻黑絲絨繡了鮮豔蝴蝶花紋的貓，多炫呀！

「阿寶，你最帥！」「阿寶的貓最可愛！」教室裡轟出如雷的掌聲，爆翻了！

8 貓奶媽和鼠班長

上課鐘響了，小朋友抱著個紙箱，嚷嚷吵吵的擁到滑梯下，找流浪貓黑咪。

「喂，咪咪喵，你要看好這些小狗狗，知道嗎？」「別讓他們跑出來喔。」「你不可以欺負小狗狗唷。」「等會兒下課我們再來！」小朋友不放心，邊跑邊喊。

紙箱裡躺著五隻毛茸茸的小狗狗，剛生下來沒幾天，只顧挨擠著呼呼睡，嬌嬌憨憨的好可愛。

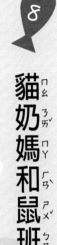

黑咪瞧著一窩狗仔仔。「喵——喵——」，他越端詳越覺得有趣，忍不住跨進紙箱，想去逗弄那堆狗娃兒。

箱子一下子塞滿了。有隻小黑狗閉著眼動了動身子，軟軟熱熱的鑽到黑咪肚子下，咂著嘴嗚嗚叫，其他幾隻小傢伙也爬過來磨蹭。黑咪抬起腳，輕輕把小黑狗挪開，立刻又一隻鼻頭冒黑點的狗仔仔挨過來，仍舊是往他肚子下鑽。噢，想吃ㄋㄟㄋㄟ呀！

「喂，我不是你媽，我是貓爸爸！」黑咪好氣又好笑。

狗娃兒才不管咧，「嗚嗚」的低聲叫著，直往黑咪身上黏。他們肚子餓了，媽媽怎麼還

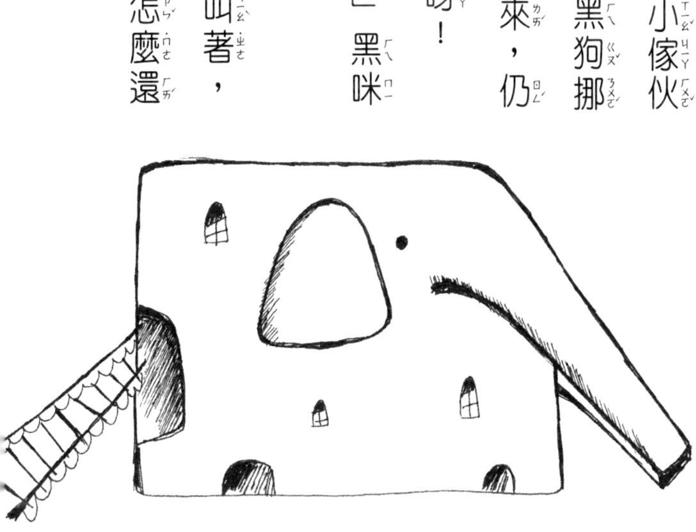

不餵奶吃呢？

黑咪被狗狗吵得心慌，「好吧好吧，我去給你們找奶吃。」他推開小狗娃兒跳出紙箱，「喵喵——」先喘口大氣。哼，把我當奶媽，真沒道理！

「小小——」黑咪向四周圍喵喵叫，召喚那隻寵物鼠。

一個小身影從草堆裡竄過來：「什麼事？什麼事？」老鼠小小睜著亮亮的眼睛問。

「哪，他們交給你，好好看著，別讓他們跑了。」

這是什麼呀？小小害怕的爬上紙箱邊緣，瞅著五隻身體比他還要大的傢伙。

分明是五隻肚子餓的狗嘛，雖然閉著眼睛只會嗚哇嗚哇叫，萬一他們想拿我當食物，那可怎麼辦才好？小小憂心忡忡的盯著這堆傢伙。

小黑狗餓壞了，腳搭著紙箱想爬出來。

小小趕忙跑過去，往小黑狗腳上抓一下，小黑狗縮回了腳。另一隻黃毛狗也攀著紙箱撐起身子，小小一溜煙繞過去，朝黃毛狗腳上抓，不料黃毛狗抬另一隻腳來撥，唷，小小被撥得跌到地上。

完蛋了，主人怎麼派這種任務給我！小小還在嘮嘮叨叨，那小黃狗也已經滾到紙箱外，嗅著味道找過來了。不只他哩，另外那幾隻狗娃兒翻倒紙箱，全跑出來啦。

小小大吃一驚，躲到紙箱後頭。那堆狗娃娃跟在他身後追，就這麼繞起紙箱兜圈子。圈子越繞越大，小小索性帶頭沿著滑梯周圍繞大圈。

「噹——噹——」下課了，一群小朋友殺敵般衝過來，發現老鼠正帶著一隊狗仔大頭兵出操演練，詫異極了。咦，貓奶媽怎麼變成鼠班長啦？

9

茉莉花叢下的藏寶窟

放學後的校園，是流浪貓黑咪和他的寵物鼠小小最愛留連逡巡的場所。操場上可以撿到銅板，花圃裡有彈珠，水溝邊有鬥片，雜草堆中也許躺著一把鑰匙……東西真多呀，黑咪像尋寶一樣的找出這些玩意兒，他管這種散步叫發現之旅！

蒐集到的寶貝要放哪兒呢？

小小一副不管事的樣子：「我家擺不下，你別看我。」

黑咪開心極了：「那就放在我家，再多東西都擺得下。」

喲，流浪貓黑咪也有家呀？聽口氣，黑咪的家還蠻大的哩。

「當然，我是處處無家處處家。」黑咪「喵喵」叫，學校就是他的家嘛。

「去，把東西搬過來。」黑咪來到茉莉花叢下，對寵物鼠小小發令。

黑咪開始刨土。澆過水的泥土鬆軟好挖，等小小叼著兩顆彈珠、三塊鬥片、一條鑰匙鍊跑過來時，黑咪已經挖好一個又圓又深的洞。

「小小，你進去。」

老鼠小小聽話的蹲進洞裡，黑亮亮的眼珠盯著黑咪滴溜滴溜轉。

這個洞，比小小高一些，比小小胖一些，挖得剛好夠大。「喵喵」，黑咪滿意極了。

可是，挖這個洞做什麼呢？

「當然是放寶貝呀。」黑咪朝洞裡放彈珠、放鬥片、放鑰匙鍊時，小小站在黑咪後面問：「怎麼不是給我住呢？」

黑咪不理他，只管朝洞裡繼續放。銅板、電池、手錶、別針、徽章、髮夾、橡皮擦……哇，洞都塞滿啦。

嗯，「茉莉花叢下的藏寶窟」！黑咪把洞蓋好後，左瞧右瞧，得意的「喵喵」叫。

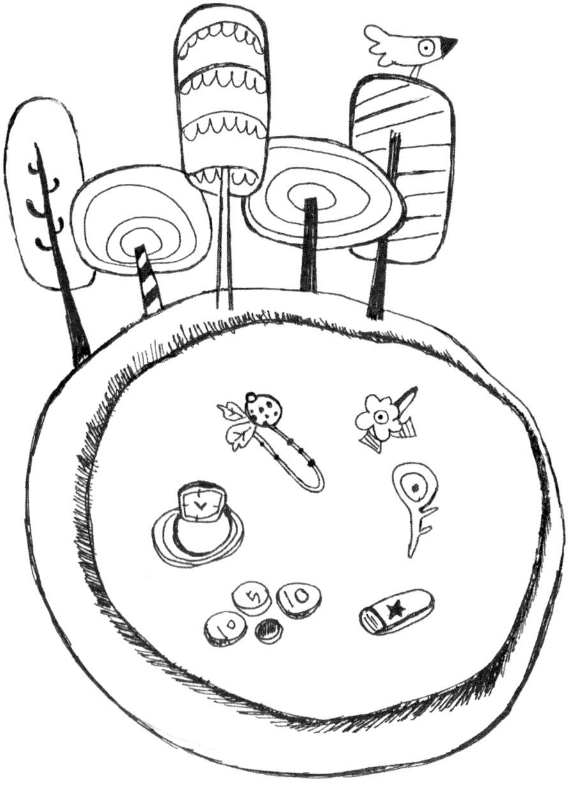

第二天，掃花圃的小朋友在清掃時，發現地上有一個大洞，洞裡一大堆東西，急慌慌的找來導護老師。

升完旗，總導護「異形」老師砰砰砰走上司令台，生氣的問小朋友：「是誰？是誰在花圃裡挖一個大洞？」

「喵嗚」「喵嗚」，黑咪趴在司令台的陰影下，聽異形老師罵人：「是哪個缺德的傢伙，把小朋友掉了的東西挖個洞藏起來？」

異形老師走到左邊，瞪著低年級小朋友問：「是誰？」又走到右邊，瞪著中年級的小朋友問：「是誰做的？」然後他站到司令台中間，瞪著高年級的小朋友問：「是誰做這種阿

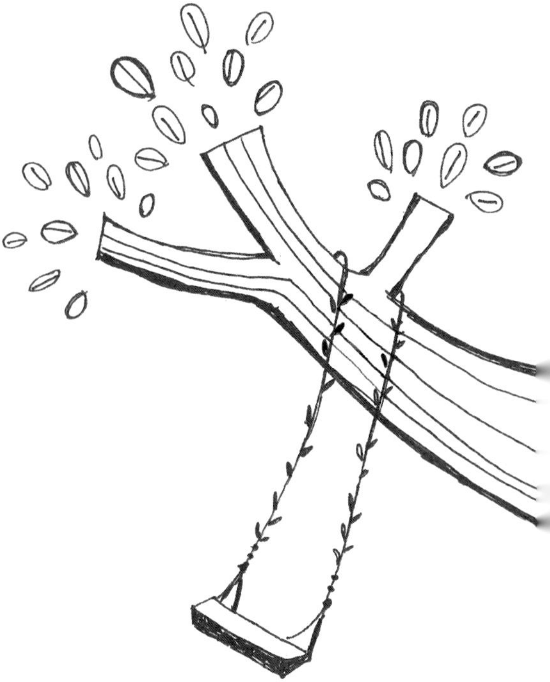

貓阿狗的事？」講著講著，異形老師的頭髮一根一根都豎起來了。

「喵嗚」「喵嗚」，黑咪覺得異形老師像要把小朋友吃掉！這個老師真兇啊！

站在隊伍裡的阿寶聽見黑咪喵喵叫，朝黑咪擠擠眼：好傢伙，一定是你做的，對不對？小心異形老師把你吞了！

黑咪也朝阿寶「喵嗚」「喵嗚」叫，他很奇怪：有這麼呆的老師嗎？還問阿貓阿狗是誰？

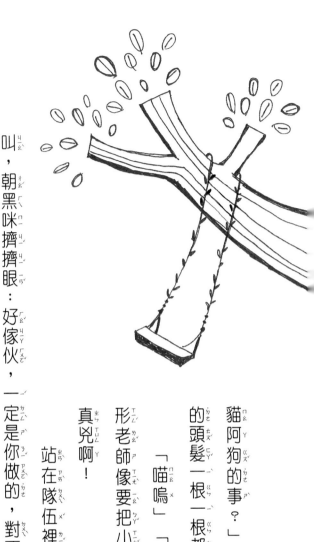

10 老鼠捉貓

草皮上，一群幼稚園的小娃兒圍個圈，正在玩貓捉老鼠的遊戲。興高采烈的鼓噪聲，叫得流浪貓黑咪好奇的靠過來看，他的寵物老鼠小小也跟來湊熱鬧。

小娃兒們又吵又鬧，被追的人慌張張到處亂跑，追的人凶狠狠一路怪叫，挺有趣的。「喵喵」，黑咪邊看邊笑。

「哎呀，都是老套，這有什麼好玩的？」小小站在黑咪腳旁，無聊的打哈欠。

黑咪笑不出來了。

「貓抓老鼠，好玩！很好玩！」黑咪對著小小吼叫，咧開的嘴足夠吞下一隻老鼠。

小小也大聲問：「你知不知道貓為什麼要追老鼠？」哇，他的口氣大得把黑咪的鬍鬚都吹彎了。

「喵嗚」，黑咪低下頭，咬牙切齒的說：「那是因為你的祖先做了對不起我的祖先的事！」

「錯！」小小毫不客氣：「真正的原因是，老鼠跑得比貓快，所以一直都是老鼠跑給貓追。」

「才怪！」黑咪氣炸了：「我不信會跑輸你，我們比賽！」

「行。」小小毫不退縮：「我們玩老鼠捉貓的遊戲。」

「喵——」黑咪起腿就跑。憑貓比老鼠大上好幾倍的體型，老鼠怎麼可能跑贏呢？黑咪在心裡偷笑。

「吱吱」「吱吱」，咦，頭上居然傳來老鼠叫聲，黑咪大吃一驚，怒沖沖的煞住腳，頭一甩，老鼠小小從黑咪頭上跳了下來。

「我贏了。」小小說。

「不准你偷吃步！」黑咪怒不可遏。當年排十二生肖不幸落榜的舊恨竟然又歷史重演，老鼠的手段太卑鄙

了。

「你根本沒有跑！」黑咪咆哮著。

「好，重來。」小小乖乖的說：「我保證不耍手段。」

「走！」黑咪氣呼呼的跑。為了提防小小又搞怪，黑咪東奔西竄到處鑽，爬樹、跳牆、攀岩，十八般武藝全使出來。他不相信那小老鼠能追得上！

「喂，你被捕了。」小小的聲音不知道從哪裡發出來，黑咪訝異的停下身。在哪裡？那小東西在哪裡？

「你輸了！」小小從黑咪面前的水

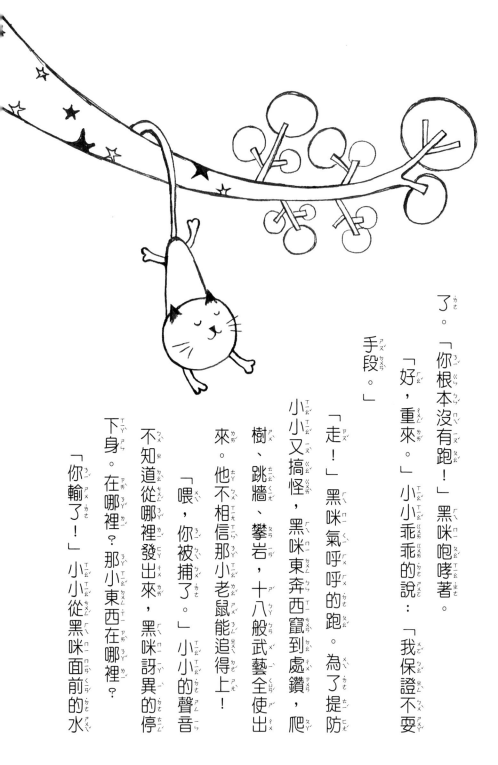

溝冒出頭：「我追上你了。」

「喵嗚」，黑咪大驚失色，轉身就跑。媽呀！我是不是太胖了才跑不動？我該去減肥了！我怎麼可以跑輸一隻老鼠呢？我可別丟了貓族的臉啊……

校園裡全是貓的淒慘叫聲。老師、小朋友看清楚黑貓後面的小不點是一隻老鼠後，嘴巴都「ㄡ」成了一個大圓圈：「怎麼是老鼠捉貓呀？」

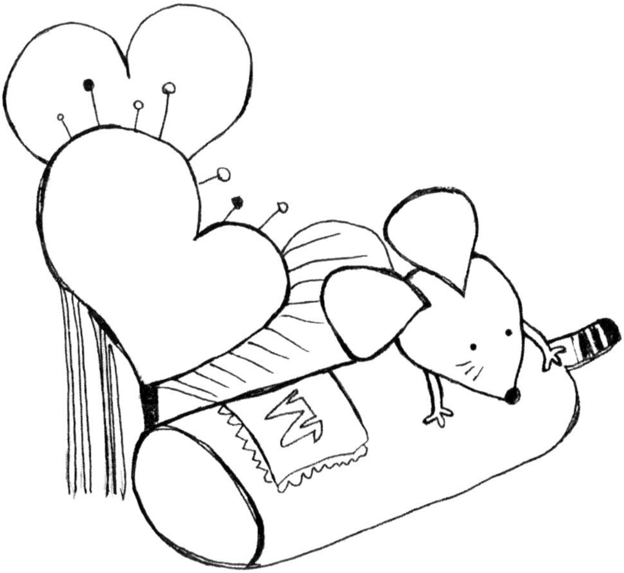

11 寵物實驗

當一隻寵物的滋味是什麼呢？流浪貓黑咪不知道。但是現在，他卻傻傻的跟著小男孩阿寶回家。這全都要怪他養的寵物鼠小小，那小不點兒居然跟黑咪說：「你當不好一隻寵物的！就像你當不好我的主人，因為你不懂寵物的心！」

哼，什麼話？天底下沒有我做不好的事！黑咪喵喵叫，決定去做阿寶的寵物。他要跟小小賭這一口氣。

能讓黑咪跟著回家，阿寶高興死了。「咪咪喵，來，我先幫你擦擦腳。」「咪咪喵，走，我們去洗澡。」「好貓咪，我給你洗香香的沐浴乳。」「寶貝貓咪，沖水了……」阿寶嘰哩咕嚕，抓著黑咪揉啊搓啊，蓮蓬頭拿起來就往黑咪一陣亂噴。

天哪，這小鬼平常洗澡是不是也被人家這麼虐待？黑咪被一堆泡沫水和刺鼻的味道嗆得想咬人。「喵——」「喵——」，他左看右看，沒地

方好躲，乾脆撲到阿寶懷裡。

「哇，哈哈哈，咪咪喵，你真乖……」阿寶抱住跳到胸前的黑咪，又摟又親。「好貓咪，你喜歡我幫你洗澡，對不對？來，我幫你吹風，免得你著涼感冒。」

「喵嗚」「喵嗚」，黑咪的抗議聲被吹風機的「嗡嗡」聲蓋住，熱氣一陣一陣，烤得黑咪沒辦法呼吸，背上的毛哀哀叫，捲成一團團。趁著還沒變成「烤乳貓」，黑咪決定終止這次的寵物實驗。

「喵——」一縱身，黑咪跳出窗外。他聽到阿寶在背後喊：「咪咪喵，咪咪喵……」也聽到有個女人問：「怎麼了？怎麼了？」叫那麼大聲，阿寶感到很丟臉，天下第一號大傻瓜才會去當別人的寵物！

回到自己的老窩，黑咪找來寵物鼠小小，鄭重宣佈：「我不當寵物；我，也不當你的主人。你自由了！」

12

蕃茄高爾夫

學校上課時，每天都有愛玩的小朋友把午餐帶到教室外，邊玩邊吃。一些挑嘴的小朋友，會把不愛吃的食物、水果，偷偷倒在水溝、樹下、廁所、垃圾堆裡。粗心莽撞的小朋友，更會在抬餐桶時，把湯呀、菜呀打翻倒撒一地。

只要在校園走一圈，流浪貓黑咪就可以知道，當天小朋友的營養午餐吃了些什麼東西。

「喵嗚」，黑咪伸個懶腰。

這一天午睡時間，他已經撿到了十幾個蕃茄。有的咬一兩口，有的吃掉一半，有的摔爛了，有的還整顆好好的。小朋友不吃蕃茄嗎？唔，紅紅綠綠的蕃茄倒是個很漂亮的玩具喔。

黑咪伸腳撥動蕃茄，發現它滾起來像個毛線球，黑咪索性舉起腳，把那一堆撿來的蕃茄踢得滾出老遠。「喵——」，瞪著散開一地的「球」，黑咪想到更好玩的。

他跑到圍牆下，前爪刨後爪撥，挖出一個長長的坑。行了，場地預備好，暖身操也做夠啦，黑咪「喵喵」叫，抬頭挺胸，走到蕃茄旁

邊，背過身，尾巴用力一掃，一顆紅蕃茄滾向另一顆綠蕃茄，撞上去，紅蕃茄停了，綠蕃茄翻了幾翻，正好滾進黑咪挖的坑洞裡。

「喵——」黑咪玩出興致來，尾巴揮得像鐵桿，把一堆漂亮的蕃茄都撞進洞裡。

「喵嗚」「喵嗚」，黑咪為自己大大歡呼幾聲。看吧，老虎伍茲也不會這一招！黑咪把土推回坑洞，蓋好蕃茄，喵喵叫：「打高爾夫兼撞球順便種蕃茄，一舉三得。哼，五隻老虎都沒有我一隻貓厲害！」

13 校園裡有一隻貓是好事

校園裡有一隻貓是好事。流浪貓黑咪一向這麼想。他就住在學校，幫忙澆花、巡視校園，陪小朋友讀書、遊戲，率領老鼠「清理」學校的垃圾，做的事情多著哩。

不過，學校裡也就只能有「一隻」貓，多了可不行。黑咪很清楚這一點，不但要做「校貓」，還要做「貓王」，所以，驅趕入侵校園的「不良份子」，包括貓，也是他義不容辭的事。

「我只是來觀光，有什麼關係！」才被黑咪趕出校園的老花貓，很不服氣的折回來，還跟了老貓、大貓、小貓仔一大家子。

「喵嗚」「喵嗚」，黑咪看得火氣直往頭上冒，鬍鬚一根根豎得直挺挺。

「喵——」弓起身子，黑咪怒張著嘴：「滾出去，滾！」

「不滾。」老花貓拒絕得很快，貓兒們動作更快，分散開來就往學校裡頭跑。

黑咪慘了！他一次只能追一隻貓，雖然他跑得快，又熟悉學校環境，不時穿過花叢跳出來堵住一隻貓仔，還知道抄捷徑擋在老花貓面前，可是，他們只要一轉身跑開，黑咪就又分身乏術啦。

哼，想玩貓海戰術嗎？黑咪邊追著大黃貓，邊吆喝他的夥伴——老鼠小小。

「喂，你有沒有搞錯？那是貓欸，專吃我們老鼠的欸。」小小自從不當黑咪的寵物，說起話口氣變大了，「喂」「喂」外，還喜歡加個「欸」。

「喵」「喵」，大黃貓聞到老鼠味道，居然轉過身要追小小。

「喂，你有沒有搞錯……」小小慌得跳到黑咪背上。

大黃貓惡狠狠的問黑咪：「那是你的寵物嗎？」

「喵嗚——」，好傢伙，管起本貓王的閒事來！「滾出去！」黑咪的鬍鬚像利劍，白森森的牙齒像剃刀，背拱得高高尖尖，眼裡噴出火，飛彈般的尾巴直直舉起，準備發動。

「三、二、一！」黑咪著了火一樣彈射出去，老鼠小小也同時跳下地，鑽入水溝。大黃貓被黑咪強悍凶狠的氣勢激怒了，撲上前來又抓又咬。

「哼，來得好。」黑咪毫不退卻，嘴裡叫叫罵罵，靈活的身軀配合鐵棍橫掃的尾巴，朝大黃貓結結實實賞了好幾下。「哇嗚」「喵」，嘗到厲害的大黃貓原本的惡勁全沒了，畏畏縮縮往後退。

「滾！」黑咪這麼一吼，大黃貓立刻沒聲沒息，溜得不見了。

可是，其他的貓呢？黑咪在校園兜一圈也沒瞧見半隻，心裡涼涼的，糟糕，被他們入侵成功了嗎？

「喂，你在找我嗎？」小小突然在他頭上叫，黑咪沒好氣的吼：

「我在找貓！」

小小順著樹幹溜滑梯下來：「回去啦，他們都回去啦。」

這可奇怪，剛剛還趕不走，現在怎麼回去了？

「喂，這你要感謝我。」小小得意洋洋：「那些貓看到我就追，我隨便亂跑，他們追昏了頭，撞在一塊兒，投降啦。」

黑咪沒搭腔。他跑輸過小小，知道這傢伙有本事。不料小小接著又說：「他們是跟你投降！大黃貓說你很兇，惹不起！喂，你很厲害欸。」

這話，讓黑咪「喵」了好久，樂壞了。

14

我們去坐車

校園裡鬧哄哄，學生跑來跑去大呼小叫，校門外停著好幾輛遊覽車。今天，阿寶他們這年級要秋季旅遊。

「咪咪喵，跟我們去玩吧！」開心的小朋友跑過流浪貓黑咪身邊，隨口喊著。

「要不要坐車啊？咪咪喵。」排隊要上車的小朋友，看到圍牆上張望的黑咪，揮著手喊。

「喵——」黑咪沿著圍牆走，看一隊又一隊的人頭嘻嘻哈哈跑向不同的

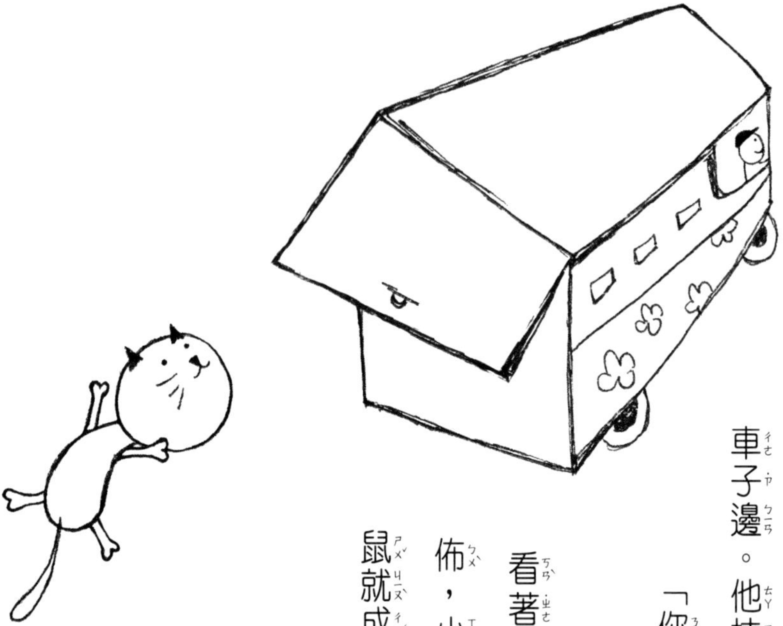

車子邊。他抹抹臉，坐車是什麼滋味呢？

「你坐過車子嗎？」他低頭問小小。

圍牆下水溝邊，一對亮晶晶眼珠看著黑咪。是老鼠小小。自從黑咪宣佈，小小不再是他的寵物後，這一貓一鼠就成為好朋友了。

「我們去坐車子吧！」小小口氣不小，膽子更大，說完就跑出水溝，溜向車子底下。

傻瓜，坐車要坐上面！黑咪喵喵叫，縱身跳上樹，來到樹梢，一滑，欸，他坐在車頂上。

才坐一下子，黑咪跳起來。小朋友起身坐下，在車裡走動，車子晃個不停，他覺得很不安全。小小坐在車底會比較好嗎？黑咪走到車尾向下探頭，哇呀，一股臭味隨著車身顫動「蓬」的衝出來，車子放臭屁啦！

黑咪決定下車。

「喵嗚」，他跳到圍牆再下到地面，喚著小小。

車子下頭空空的，老鼠小小不見了。黑咪猜，那傢伙一定躲進車上，等著撿拾小朋友掉落好吃的。哼，我才不像他那麼貪嘴，不過，坐

車這回事可不能輸給老鼠。

打定主意，黑咪朝正要關上的後車門跳進去。車裡嗡嗡嗡一堆聲音，他站在樓梯上遲疑著，車門已經合起來。

「哇，咪咪喵，你也來啦！」小朋友發現一隻貓在車上，興奮得抬高屁股哇哇叫。

阿寶叫得最大聲：「你好，歡迎上車。」

「安靜！再吵就請他下車。」老師站在司機後面瞪大了眼：「把屁股黏在椅子上。」

車上小朋友乖乖坐下，閉嘴，眼睛卻拼命打電報：等著看！等著看！老師會怎麼對付這隻貓呀？

黑咪把屁股放在梯階，坐直身體，車子還是顫抖個不停。老師一排座位一排座位的巡視：「吃早餐了沒？」「有沒有吃暈車藥？」「水壺掛起來。」……走到車尾再折回來，老師瞄一眼後車門，嗯，難得司機肯佈置，擺了個黑貓玩偶在梯階上。

「不准去動它。」老師告誡坐在後排的小朋友。

你看我，我看你，小朋友亮亮的眼，笑嘻嘻的臉，很有默契的只點頭不說話。好欸，老師要帶貓一起去玩咧。

唉，黑咪實在不明白，這些人高興什麼呢？「喵嗚」，他舉起前腳跟老師打招呼。

貓叫聲像高壓電，把老師電得跳腳跌坐到車座位通道上，什麼？是貓？

黑咪跳到椅子扶手喵喵叫，老師居然把屁股黏在地板上！搞不清楚椅子在哪裡？

小朋友笑出一團爆炸聲。司機轉頭看，先見到一隻貓，黑漆墨烏直挺挺坐在椅背上，這怎麼行！按開關打開車門，司機大吼：「下去，下去。」

「他弄錯了。」跳出車外，抬起頭，黑咪隔著玻璃向車裡的人大聲說。

車子放個大臭屁後慢慢開走，不理他。

一個聲音在他腳下：「我們去坐車吧。」老鼠小小拉扯黑咪的尾巴說。

「喵」，黑咪昂起頭，翹起鬍子，神氣了：「我才剛下車，你自己去坐吧。」

15 真的？假的？

過去，黑咪從不認為自己是流浪貓，他住在校園裡頭，校長、主任、老師他都熟，小朋友也認識他，「我的名字叫黑咪，又號咪咪喵。」

可是，現在的黑咪成為一隻貨真價實的流浪貓了，到處走到處晃，沒有一個地方能待得久，也常找不到東西吃。雖然如此，他還是把自己打理得乾淨整齊，毛色黑得發亮。

出了什麼事呢？

黑咪「喵喵」叫兩聲。其實也沒什麼，他跟著小朋友坐上車，也跟著小朋友下了車，只不過，等他附近走一圈再回來，車子和小朋友都不見了。

「我可不是被丟掉的貓！」黑咪挺直背脊。一切都是他自己做決定，「我對自己負責。」

既然走丟了，索性趁著找路回家的機會旅遊觀光一番。世界這麼大，稀奇古怪的趣事這麼多，黑咪悠哉悠哉過日子，體驗流浪的滋味。

現在，他坐在一間會滴兜響的斜背屋頂上。剛剛，這屋子打開門，跳出一隻鳥，點頭轉圈拍翅膀，叫了幾聲後，又關門回屋裡去。

黑咪對這隻鳥感興趣，守在這裡，等著看小傢伙再出現。他坐得筆挺，專心盯住門，像一尊屋頂上的塑像動也不動。

屋子下頭是馬路，大人小孩來來去去，沒有他熟悉的面孔和聲音，空氣裡的味道也不一樣，有時，黑咪聞出一些些學校午餐裡的香氣，嗯，肚子是有點餓。

「喂」，一顆花生掉在屋頂上，骨碌碌滾下去。黑咪聽到叫喊，抬頭看，天空很藍，陽光很亮，他瞇成細線的眼看不見有什麼在那裡。

「喂」，又一顆花生掉下來，落在黑咪腳邊，有人在他背後喊：

「喂，走開。」

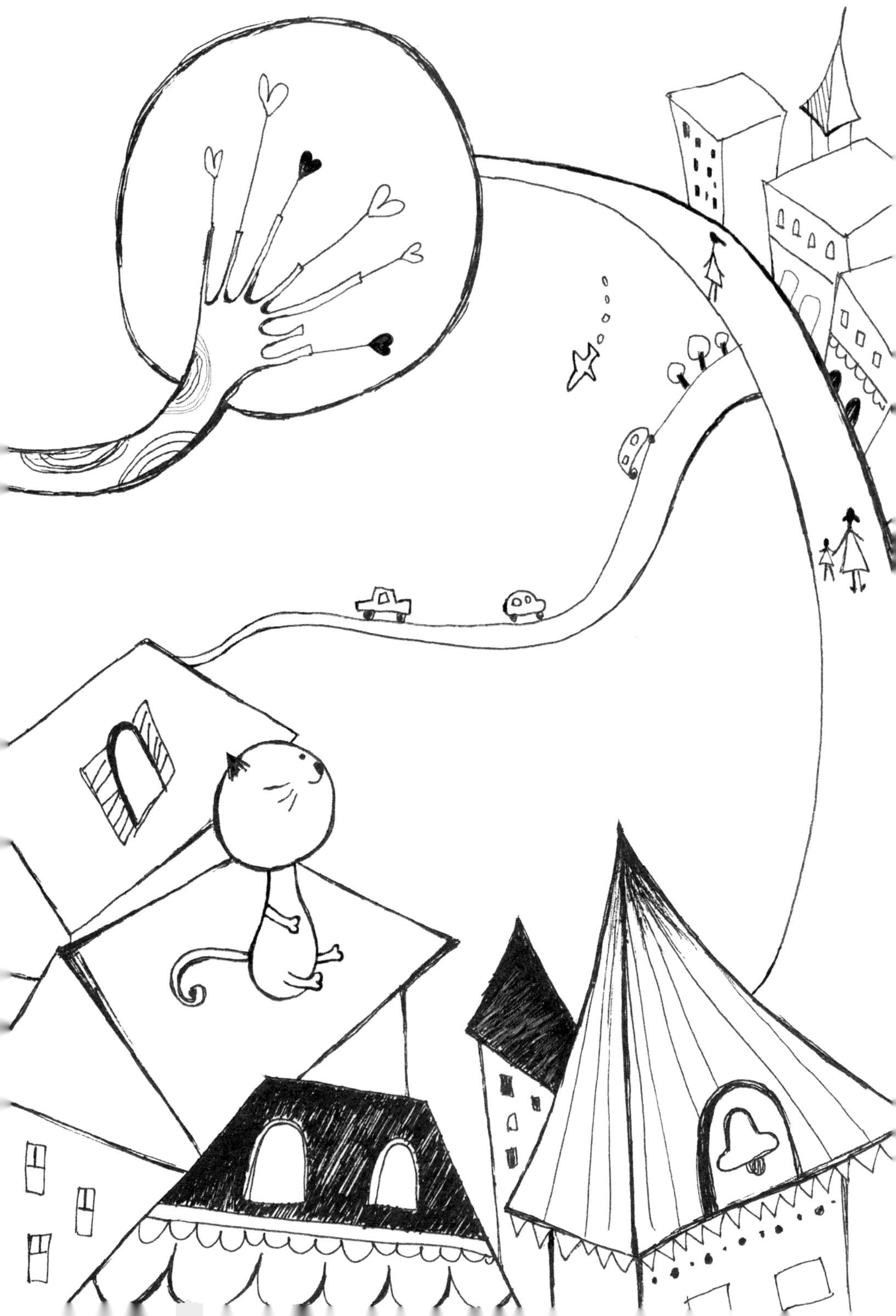

「那是真的貓嗎？」「假的啦。」「不對，是真貓。」「嘿，他的頭會轉……」一堆七嘴八舌的聲音擠在大樓窗口：「再丟一顆看看。」「打準一點啦。」「我來我來。」

「喵——」黑咪瞅瞅腳旁那顆花生，味道應該不錯。他轉過身望著說話的窗口。

「喂」，花生又跟著喊叫一起出現。黑咪伸出前腳，抓住花生往嘴裡塞。肚子餓的時候，能吃的東西都會是好食物。

「猴塞雷！」窗口有人大聲說。黑咪聽不懂，我是貓，不是猴子；我吃花生不塞雷啊。黑咪又接連吃了幾顆花生，然後，他回轉身，背對大樓不理那些人。

看黑貓接住花生，動作又快又準，窗口那群人玩出興趣來，呼嘿喂的叫鬧，惹得馬路上行人抬頭看。是在叫那個貓塑像嗎？它怎麼啦？

斜背屋子的門開了，小鳥兒跳出來。黑咪等著鳥兒點頭轉圈完，覷準鳥兒翅膀還沒張開，輕輕跳下撲住那隻鳥。鳥兒沒掙扎，身體冰冰硬硬的，黑咪嚇得喵喵叫，這是假的！

馬路上的人也嚇一跳，伸手指指點點，以為貓塑像突然斷裂摔跌下來，聽到喵喵聲才驚覺：那是真的貓喔！再看，鳥兒已經帶著黑貓跳進斜背屋裡，門關起來。

哇，觀眾們仰頭嘩嘩叫，這是怎麼回事？鐘塔報時的新花招嗎？報時鳥竟然拐騙一隻貓。

16 貓狗交響曲

聽說，老虎到了城市會被狗欺負。黑咪看過城市裡的狗後，覺得這話很可能是真的。

話說回來，像我這麼絕頂聰明的貓，都會被一隻假的鳥誘捕進黑屋子裡，關在裡頭「喵」了好久才叫開門重獲自由，老虎被狗捉弄就不算什麼啦。黑咪嘲弄自己好幾遍，滿肚子窩囊氣還沒消，此刻面對一隻向他怒目低吼的狗，決定就拿這傢伙

來轉移情緒。

黑咪盯住狗的眼，瞪回去，又「喵——」齜牙咧嘴朝狗咆哮。哼，我也會叫，我也會瞪眼，怕你唷。

狗惡狠狠張口咬過來，黑咪前腳迅速巴歪狗臉。「喵——」，貓背拱得高高，尾巴豎起鐵棒，鬍子一根一根怒翹，比狗還凶神惡煞。

被貓爪劃過臉，狗身子縮矮一下又再向前撲，一副要拚命的氣勢。黑咪知道這種「狗打架」，又吼又咬撲跳抓纏，亂成一團全靠蠻勁，沒水準極了，他可不想奉陪。

「喵——」，黑咪繞著狗左閃右躲，就是不跑走，狗怎麼彎腰轉身子都沾不上貓，汪汪叫聲裡又氣又急。看狗追著狗尾巴兒圈子，傻得可憐，黑咪故意靠近，讓狗碰一兩下。

以為自己打著了貓，狗立刻像充了氣的球重新彈跳起來，很帶勁的繼續喊繼續咬。

黑咪偶爾「喵」一聲，回應狗的連聲叫陣。只要發現狗叫聲弱了少了，他就「喵」「喵」「喵」，往火爐灰燼添油加柴般，熊熊狗吠便又「汪汪」「歐歐」熱烈冒出來。

局面在自己掌控中，黑咪玩夠了，打算把狗趕回去。聽聽，狗還叫得很勇猛，黑咪瞄一眼。嘿，不對呀，狗沒看他，反而左右轉頭，朝四處上下東西南北的吼。媽媽咪呀，這傢伙該不會是招呼附近其他狗，想要圍攻一隻貓吧！黑咪趕快看看周圍有些什麼，樹嗎？牆嗎？或是橋、欄杆、大石頭、房子？

真糟糕，一群狗衝過來了。「喵——」，黑咪撒腿就跑，鑽在狗陣裡亂竄。只聽到這裡「汪」那裡「汪」，狗叫聲汪得黑咪短暫迷路，撞上一隻大黃狗的肚子。他翻身爬起來，糊里糊塗抓住條尾巴。哎，不得了，象徵狗格尊嚴的尾巴被侵犯，大花狗瘋狂甩尾，要把拽住的黑咪摔開。

「喵——」，這是空中飛貓特技秀嗎？黑咪藉力使勁，踢過每一隻靠近身的狗，當然，他也挨了好幾下狗拳。大花狗最可憐，停住腳垂下尾巴，嗚嗚低吼沒了鬥志，寶貝的尾巴是不是斷了呀？

黑咪鬆開爪子，想溜，七八隻狗全圍過來，金剛罩頂壓個密不透光。黑咪滾啊扭啊，在狗腿狗吠裡喵喵叫，抓黑狗的前腳打黃狗，抬白狗的後腿踢花狗，忙得骨頭快累散了。

「ㄍㄧ——」，「叭叭」，尖銳的煞車聲，響亮的喇叭聲，先後闖

入這首貓狗交響曲中。花狗拔高嗓子「該該」怪叫，其他狗「嗚嗚」「毆毆」低下聲音，讓路給車子跑過。

貓呢？嚇跑了或是被車載走了？狗們聞聞嗅嗅找不到敵人，黑咪好心腸的「喵嗚」「喵嗚」招呼：「我在圍牆上啦。」

一見到貓，狗叫又吼得響雷一般。花狗的聲音被蓋住，「大聲點！」黑咪喵喵提醒。灰狗黃狗白狗黑狗以為說自己，嘴巴大開努力跳拼命叫，朝著圍牆比賽大聲公。

「吵死了！」「走開啦！」「庫洛，回來！」有人開門大罵，黑狗先閉嘴，其他狗邊跑還邊叫。

「喵嗚」，黑咪伸伸懶腰。欸，被狗叫得越旺越好嘛，看，他現在多快樂。

17 我贏了

說老實話，黑咪挺愛跟人揪辮兒踩腳跟兒的，什麼呢？就是胡鬧嘛。

蹲在圍牆上，黑咪「喵喵喵」咂嘴兒，他剛剛拉出一包袋子裡的蝦殼魚刺雞骨，好好啃了頓飽。不單肚子嘴巴滿足了，看到人氣呼呼叉腰跺腳的，黑咪更是心頭滿滿一堆得意。

那個袋子原先被人綁緊袋口放在牆邊，黑咪毫不費

力就抓破袋子，裡頭又是許多個小包。正想抓出來，人推門出聲：「霍！」「去！」把黑咪嚇跑了。

咳，真可惡，垃圾袋都抓破了！一邊罵一邊再綁好袋子。之後，人把袋子移到窗戶下，放張木頭板凳在垃圾上，壓得緊實，「看貓怎麼抓！」

遠遠看著，等人進屋裡去，黑咪走近這袋子。

板凳跨開兩腿坐鎮袋子上，「你甭費勁啦。」瞪著黑咪，板凳真就板起臉警告。

嘿，不費勁呀。黑咪直接用行動證明，爪子搭在袋子上，尖指一探一抓，「開！」黑咪咧嘴無聲的喊。袋子乖乖破個口，爪尖繼續往裡頭伸，勾住一個小包，向外拉。味道好香呀！

「喂，不行，你太過分了。」板凳大驚失色，移動身體去制止貓。

黑咪不想無禮，立起身體，一爪輕輕扶板凳：「你坐好，別摔下來。」一爪按在袋子用力扯。

不行不行，板凳急得翻倒身子阻止貓，「放開你的手！」厚厚木板打過貓掌，喊出大大聲響。

是你自己要摔跌，我可沒害你歐。黑咪無聲的喵喵板凳兩下，放下前爪。他已經把想要的小包掏出袋子，有些紙屑樹葉也跟著掉在袋子外。

「看到沒，我不費半點勁就搞定啦。」黑咪安靜的朝板凳點點頭。

聽見有動靜，屋裡的人隔著玻璃查看。「哎喲！」邊喊邊推門，朝飛竄的黑色背影丟拖鞋。發現野貓把垃圾咬散一地，人咬牙切齒的掃起垃圾重新裝袋，又把板凳拿到旁邊重重放下，「連板凳都推得開，驚人欸。」說得板凳啞口無言，慚愧極了。

現在怎麼辦？想一會兒後，人找來大紙箱反手蓋住那袋垃圾，再拿磚塊壓在紙箱上。「不相信這樣還會被咬破！」人轉臉四面看，像自言自語，又很像跟貓下戰帖。

黑咪就趴在人身後花盆暗影裡。那包美味食物剛才沒帶走，拖鞋飛過來時，他放下東西跳開，實在不甘心，又躡腳踅回來看。

現在怎麼辦？當然要奮戰到底！黑咪我不可能被難倒的。

等人進了屋，黑咪來到紙箱旁，發現有一面沒貼著地，空了個縫。

貓爪伸進去，一點一點探，紙箱跟著一點一點滑動，漸漸探觸到袋子。

爪尖扣住袋子，抓破，插入，勾著了什麼，用力拉……咦，卡在箱子口邊，出不來。

黑咪收回爪，眼珠盯著紙箱磚塊歪頭想了想，要用力掀開紙箱嗎？

不不不，黑咪我沒那麼粗魯！聰明的貓會用腦筋，我自有妙計。

紙箱離台階不遠，黑咪頂住紙箱，把箱子推往台階邊，直到突出台

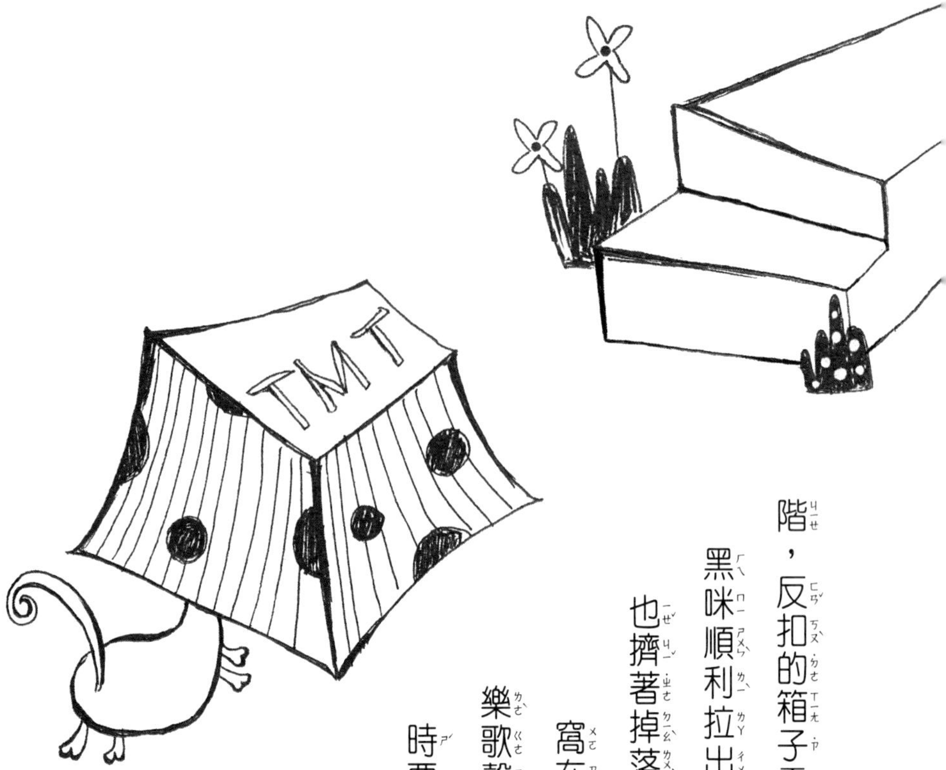

階，反扣的箱子露出大大的口。看吧，這沒什麼難的。

黑咪順利拉出他要的美味小包，很多碎屑雜物垃圾也擠著掉落台階。

窩在花叢下嚼蝦殼，黑咪聽見垃圾車的快樂歌聲，他故意不去聽人的大呼小叫。用餐時要保持心情愉快！

看著捧掃把畚箕的人，黑咪咬斷一條魚骨，輕輕的，不出半點聲音，很有教養的。吃東西要優雅！

直到吃飽跳上圍牆，黑咪才「喵嗚」開口說話：「我贏了。」

18 就是要不一樣

黑咪不愛走「路」，那是人和車子或狗才需要的東西。

「喵」，退後一步，蹲下，後腿蹬，身體向上拉長，從地面跳到門柱，再跳到屋頂。他喜歡高高低低的走、跳、攀、爬，這樣才有變化、夠刺激，運動兼遊戲。

從屋頂再跳上樹，一堆鳥兒被黑咪嚇得衝出綠蔭，「啾啾啾」叫叫嚷嚷。

「喵」，黑咪踩過幾條枝椏又溜下樹，改往牆壁爬。「路」，平平

的，單調無趣而且太現成，走多了會想睡覺。

「喵嗚」，聰明的貓專走創意路線，黑咪堅持這一點。

他從牆壁爬上女兒牆，那裡放了個大鳥籠，翡翠鸚哥在籠裡唱得起勁，黑咪特地來聽歌。

發現有貓，鸚哥拔高嗓子改變旋律，「有貓有貓，快來快來！」鸚哥急慌慌向屋裡的主人傳訊息：黝黑發亮的毛色看來很強壯，眼珠裡有什麼主意在發芽；主人快來、主人快來，這兒有一隻黑貓，在你的翡翠面前笑咪咪；主人快來、主人快來，黑貓的鬍鬚一根一根跳舞了，黑貓的嘴巴一分一分張開了；主人快來、主人快來……

緊急快速的轉音逗得黑咪興奮極了，忍不住也張嘴跟著唱：「喵——嗚——」。這聲音讓鸚哥走來走去轉圈圈，猛拍翅膀噗噗跳。嘿呀，這隻鳥一定是被我的歌聲感動了。黑咪想。

「喀喀喀」，粗糙笨拙的頓音突然加進來，松鼠跳到籠子另一邊，甩著尾巴毛球說：「我們可以組樂團，超級美聲！」

黑咪還沒「喵」出意見，鸚哥已經嚇瘋了，拼命叫：「主人快來主人快來，這邊一隻黑貓，那邊一隻松鼠，翡翠就要嗚

呼哀哉，嗚呼哀哉……」

「喵喵」，黑咪推推籠子：別怕，不會有事。他安慰鳥，又站起來隔著籠子對松鼠咆哮，「喵——」，滾開，你這傢伙！

撮起嘴啜啜兩下，松鼠一派悠閒，「喀喀喀」，別這樣嘛，我們如果一起表演，肯定會轟動全世界。

居然敢不甩我！黑咪推開籠子撲向松鼠。松鼠溜得快，毛球抖一下就飛跳到女兒牆外的桂花樹。

哼，看我教訓你。黑咪料準松鼠要走電線，轉身先堵在前。看看此路不通，松鼠折回頭下到女兒牆，很快不見了。

聽歌的好興致被打斷，黑咪悻悻然拱拱背，伸

伸前後腿。眼前一條電線讓他心情又亮起來，這也是「路」！黑咪決定上去走一趟試試。

懸空高吊的細細一條線，載著黑咪晃晃悠悠，走一步顛一下，黑咪膽子大到身體重沉沉。嘿，這是走鋼索欸，賣命咧。偏偏尾巴後頭又落下兩三隻麻雀，停在電線上盪鞦韆，黑咪歪來偏去，感覺全身毛都豎起來了。

哆哆嗦嗦，黑咪硬著頭皮繼續走。不小心瞄到松鼠就在他身子下頭，哎呀，不得了，他一分神就掉下來，還好抓著樹枝，「唰唰」幾聲，跌到陽台大鳥籠前面。

「喀喀喀」，松鼠看著他，「電線不適合你玩。」

「喵——」黑咪瞪著鳥籠裡的松鼠，「你被抓了。」籠子還蠻適合松鼠的。

「喀喀喀」，松鼠在籠子裡甩尾巴：「你表演得真爛。」

「喵嗚」，黑咪站起身：「祝你表演成功，轟動全世界。」

「好哇，抓到了！」人的聲音讓黑咪跳起來跑。往女兒牆嗎？不行，剛才走過了。往樹上？不行，重複了。牆壁？屋頂？圍牆？黑咪在人腳邊竄來繞去。

堅持創意的黑咪最後被掃把掃出門外。他連翻三個前滾翻，越過馬路。嗯哼，還是跟人不一樣。

19 你們弄錯了

坐著不動時，黑咪是一尊精巧的貓塑像：墨黑透光的身體像大理石那樣，質感細緻晶滑；頭身和四肢的比例完美極了，後肢屈起，展現出一種含斂的力道，彷彿隨時會撲躍向前；尾巴捲成半圓，有些俏皮；頭稍稍歪向右，臉朝左邊，眼睛半瞇，流露慵懶嬌憨的神態。看久了，覺得那乖巧模樣裡很溫暖，忍不住想伸手撫摸。

挑染金髮的公雞頭年輕男一邊靠近一邊欣賞：嗯，很美，很可愛的作品！

端坐門柱上，平日警醒精靈的流浪貓黑咪，正專心注意左前方廣場的人群。

一群穿著光鮮漂亮的馬尾女孩舞動毛毛球，又笑又叫，跟著嘰哩呱啦的音樂跳啊跑啊。有幾個開始翻、爬；喔，往上丟人嘍；喲，疊起來囉；一層、兩層、三層……欸，還有沒有哇？

黑咪「喵喵」起身，準備去湊熱鬧。這個動作嚇到伸上門柱的一隻手，「嗄！」公雞頭年輕男抓了個空。

眼前突然冒出人頭，黑咪也嚇一跳，「喵——」，迅速踩過人頭往下溜。

眼睛眨一下黑貓就不見了，只有頭皮留著輕輕一按。公雞頭年輕男站在梯子上嘆氣，沒抓到太可惜了，這隻野貓很漂亮哩。

FRUIT

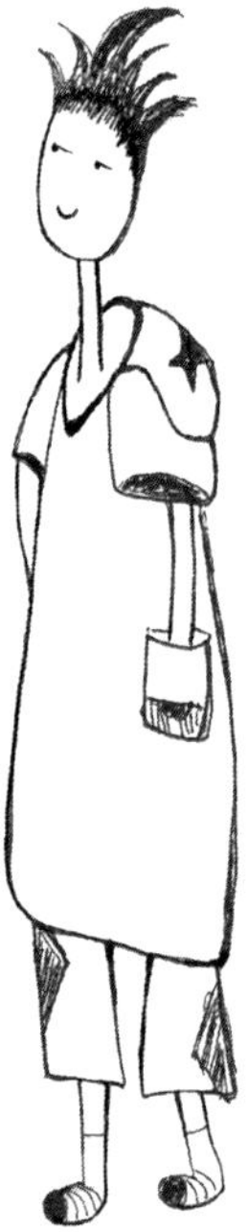

見到一個黑影衝向高舉的女孩，廣場上驚出一陣叫喊聲：媽呀，是誰發射大砲飛彈啊？

空中的女孩們被飛過黑影嚇得晃了又晃，底下舉的人急忙繃緊肩頭調整腳步，喂喂喂，穩一點好不好？

黑咪拉長身體，飛過四隻手臂兩顆人頭，撲向簇成一朵花的毛毛球。花團錦簇正在向上舉，頂出一點黑亮亮的花心。

「嘩」，那是什麼啊？瞪大眼的觀眾連聲問：「歐」，那是貓嗎？

「厚」，誰把貓這樣丟啊？

黑咪站在彩球裡穩當當，又再往上跳。最頂尖那個女孩甜甜微笑，舉起雙手抱著腿單腳獨立，黑咪就跳到那朝天的腳板上，倒立，伸直尾巴。

嘿，大家好！

黑咪神氣巴拉的喵喵叫。

霍，這啦啦隊又高出尖尖一層。大家仰頭瞇眼看，顏色還真鮮艷哩；小傢伙不簡單！

媽呀，有貓！女孩全身一震，笑容僵硬，抖著腳說「貓貓貓」，卻喊不出聲音只掉淚水，「我要下去啦！」獨立金雞快被貓吃掉了。

被一隻野貓來攪局，馬尾女孩們有點慌，撐住撐住，別摔下來呀。

聽見觀眾拍手叫好，指指點點往上頭驚嘆，女孩們臉上硬擠出一朵一朵花，趕快做結束。

「哈！」聽見底下打暗號，頂上女孩忙不迭地甩開貓，收腿、吸氣騰身、平躺墜落隊友手臂彎。一氣呵成，太棒了。「真有膽，你厲害，了不起。」

如雷掌聲和鎂光燈通通給了這隊馬尾女孩，卻引來其他隊伍批評：不公平，她們用動物表演，違反比賽規定。貓不可以表演；她們的隊員名單裡又沒有貓。貓沒有報名……

馬尾女孩們莫名奇妙：什麼話，我們差點摔成一團咧！是誰派來的貓？喔，該不會說我們是貓吧。

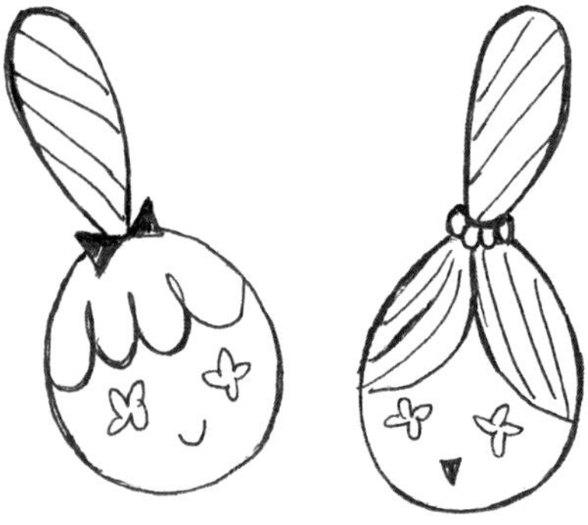

黑咪窩在樹蔭下「喵喵」抗議：不夠意思，竟然沒請我合影留念！

觀眾們歐歐哇哇打分數：哎呀，創意是王道，能用貓做道具，點子好又有默契，表演很成功，馬尾女孩應該拿冠軍。

「喵——」，黑咪站起來，又抗議：不可以，黑咪我怎麼是道具？

擴音器大聲說話：「大會宣布：『本次啦啦隊比賽，冠軍是馬尾女孩……』」

越聽越不滿意，黑咪直接跳到台上抓住錦旗，瞪著眼「喵」大家。抗議抗議，我參加疊羅漢，不是表演啦啦隊，你們全搞錯了。

喔，那隻厲害的貓就是獎品嗎？全場笑翻了。馬尾女孩們把甄友妲推上前，這漂亮的獎品應該送給她「真有膽」！

20 貓咪疊疊樂

在遊樂場四處逛，黑咪尋找同類。他要組一個貓團玩疊羅漢，「絕對會比人厲害。」他告訴瘸腿老黃。

少了右前掌的老貓，全身毛色黃通通，躲在花花草草裡，看黑咪站在水溝邊低頭擦臉又轉轉頭，只好懶洋洋打招呼，回答貓族這友善拜訪的暗號。

這是黑咪找到的第一隻流浪貓。「這事情只能找流浪貓。」那些被人養著的貓，「沒勁，不管用！」他說，在外頭自由生活的貓才夠強健靈活，「像你就是。」

「喵」，老貓哼一聲。那還用說，雖然少了一個腳掌，日子照樣過得愉快，要跑要跳都能應付，打架也沒問題！

可是，玩疊羅漢要做什麼？人的把戲何必學呢？老貓瞪著黑咪，不太想搭理。

欸，黑咪「喵喵喵」，疊羅漢好玩啊，一隻一隻疊上去，貓最行啦，而且，人只會把貓當道具，太看不起貓了。

「應該教教他們這些人。」黑咪自己想玩又不願意去跟人攪和。

「我才不學他們吶，當然是照咱們貓族的風格。」黑咪「喵喵喵」說一大堆。

「你去找阿白吧。」聒噪的小子，老貓受不了。

阿白一家老大中小四隻白貓，白煞煞愛吵愛鬧，意見也多。「跟人一樣的把戲，沒看頭。」老阿白側歪身子說。

大阿白肚皮朝天打哈欠，「人的玩法太囉唆了，要乾脆點。」

中阿白捲著身體窩成團問：「就這樣窩著疊嗎？」會疊出白白一堆饅頭塔吧！

「隨便你。」黑咪覺得這主意也不錯。

小阿白伸懶腰插嘴進來：「我比較喜歡撞成一團。」說得很像胡說八道，黑咪卻認為「可以啊」，碰碰撞撞也是一種玩法。

貓各有想法，黑咪一一去問。藍眼珠貓、卷耳朵貓、短尾貓、黑鼻頭貓、長腿貓、灰臉貓、花豹貓、斑馬貓、乳牛貓……哇，黑咪差點惹毛一隻大傢伙阿鬥。

阿鬥眼珠很特別，一個是翡翠一個是琥珀，被黑咪看久了一點，阿鬥高高拱起背、硬硬豎起尾巴，壓低頸子昂起頭，爪子尖尖露出來，全身繃緊，活像破壞力超強的砲彈。

欸，別發射別發射。黑咪甩甩尾巴，躺下來滾滾身，「喵嗚」，黑咪勸這老兄：「輕鬆點、輕鬆點。」玩疊羅漢要強健要靈活，就是不要火氣大。

「只玩一次，不參加就後悔。」黑咪故意說。

真的也是如此。

老黃貓爬出花草叢，「喵——」來吧，他跳到汽車頂上大聲叫。貓們紛紛現身往高處竄，樹枝、圍牆、垃圾桶、燈柱、花架、指示牌；先往老黃貓看看，又打量四周圍，再彼此瞧瞧；有的「喵喵」出聲，有的咧嘴蹲坐。「喵——」老黃貓趴臥好又再叫。

聽見貓叫聲，來往經過的人不當回事，秋天裡的貓總是愛鬼叫鬼叫的。少數幾個人停腳抬頭轉身，也只是稍稍驚訝：「貓仔不少欸。」遊樂場管理員最幸運，他對貓有興趣，警覺的追尋聲音，耐心注視，讓他見到了絕無僅有的貓團表演。

一大群貓從四面八方跳出來。卷耳朵貓跳過來時，最底下的老黃貓忽然改變心意，熊熊站起身，硬是把藍眼珠貓和黑鼻貓掀起來，加上卷耳朵貓，四隻貓頂在一塊玩摔角。

短尾貓跳了個倒栽蔥，順勢橫出尾巴；乳牛貓撞上倒立的短尾貓；長腿貓把四肢伸展到極限，肚皮外露直立在花豹貓背上。

卡在他們中間，斑馬貓身體盤成團，只鑽出個頭來「喵喵」叫：

「擠得真痛快！」

四隻白貓沒有堆成饅頭塔，他們趴在最頂端，尾巴高高翹起，矗成尖山。

貓兒們有高有低、擦擦撞撞抓抓咬咬，尾巴相勾纏後堆成高高一棵貓樹，不但底下有樹根，中間有樹幹，還伸出枝條，居然也有花朵和果實，全都是貓！整棵樹五顏六色，貓眼閃出點點奇異光采，比聖誕樹還漂亮，最上頭蓋著白雪，好像樹上一座山，那山頭白雪更轉呀轉。

「從來沒有人這樣玩！」黑咪興奮看著樹，卻發現自己沒在那裡面。「等一等，等一等，還有我。」他猛地彈跳起來，直直高高飛上貓樹。灰臉貓「喵」他：遲到的傢伙。

黑咪經過一根短枝椏，短尾貓搖搖尾巴：「不等你了。」急得黑咪

拉長前後腳努力要攀上白山頂。阿鬥朝黑咪尾巴咬一下，唷，黑咪頓時拔高好幾呎。阿白一家勾著尾巴懸空轉身，山頭沒位置了，黑咪索性舉起山頂，把那四隻白貓變成一個摩天輪轉啊轉。

喔，從來沒見過這種特技！

管理員忙按下相機快門，閃光燈亮起嚇著了貓，貓樹瞬間解體，貓們往旁邊四處跳開，躲入暗影裡。汽車頂上空空如也，管理員低頭看看相機，確定自己真的見到奇蹟。他揉揉眼，自言自語：「我要組一個貓團。」絕對轟動全世界！

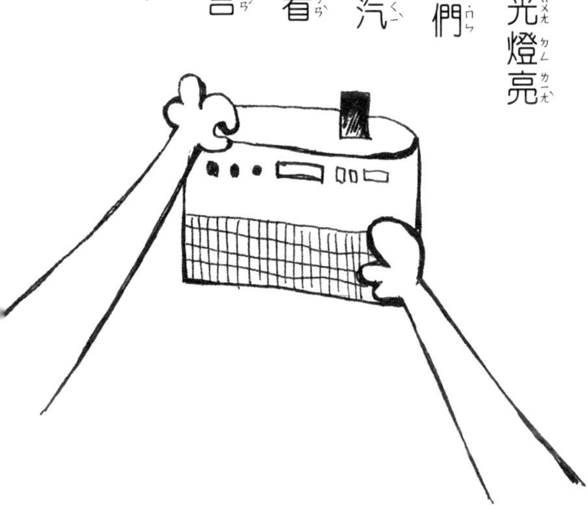

21 雲霄飛貓

跟著一群背包客，黑咪來到柵欄前。遊樂場玩意兒多，到處都擠滿人，這道柵欄裡外排了隊伍，黑咪當作沒看見，直接走進去。

沒有人理會一隻貓。轟隆隆、唰唰咻咻的雲霄飛車拉住所有人的眼睛，往頭上往前方，往左往右，看得眼皮忘了眨。

長長一列車廂轟隆隆進站了，衝過去時颳起一陣風，尖叫聲丟在車屁股後，搔得每隻耳朵癢嗦嗦，哎，哪時候才坐得上去呀？

黑咪本來順著軌道爬，想上到高空裡那個圓圈頂，走鋼索他很行，

不過那列車子撞過來時凶巴巴的，黑咪忙跳開。

看見一個黑影從雲霄飛車掉出來，等候的人全嘩出聲，是照相機還是包包掉了呀？監控操作的服務人員嚇一跳，不會是列車掉什麼零件吧？

「沒事沒事。」管理員放下望遠鏡，告訴工作人員，只是一隻貓。聽到這答案，嚇一跳換成吃一驚：嗄！貓！怎麼上去的？掉下來怕不摔成肉餅了？

管理員往軌道下方的花園走去，心裡大大嘆氣：唉，可惜這麼漂亮的貓！從發現到跟蹤也好幾天了，想下手抓都找不到機會；這貓神出鬼沒又精醒，越看越喜歡，可是這下肯定沒指望了。

修剪整齊的花園，花朵嬌豔繽紛，草皮青翠鬆軟，灌木綠籬直挺神氣，沒有斷折毀損，也看不到凹陷傾倒。蝴蝶翩翩飛，瓢蟲睡大覺，管理員撥開仙丹花的裙腳，喔，蝦蟆往暗裡爬。這邊很安靜，貓沒來過。

難不成是飛天貓，從空中「爬」走了？想起自己見到的貓咪疊羅漢，管理員半信半疑舉起望遠鏡，朝天空裡搜尋。

「喵嗚」，黑咪「站」在雲霄飛車的車頭外，愉快的跟天地打招呼。車廂前頭幾支橫槓圍出一個小小空間，擠進去後剛好讓他後腳踩、前腳抓，卡得緊緊；身旁空蕩蕩涼颼颼又沒遮掩，風景看得一清二楚。簡直是為貓打造的頂級車廂！

加油加油！感覺列車爬坡慢吞吞，黑咪望著軌道盡頭咧嘴喵喵叫：「快到了。」

還早哩，遊戲才剛開始。列車低沉聲音提醒黑咪：「小傢伙，坐穩些。」用力攀上最高點，列車吼出聲：「來吧，衝啊！」轟轟隆隆猛地倒栽，從高空雲端瞬間滑落。

噢，黑咪才剛仰頭看了天空和白雲一兩眼，立刻又趴俯身子，飄浮在軌道上。「喵」，慢點慢點，我什麼都沒看清楚！

「不行，還要再快！」列車爆出全身力量加速俯衝，準備來個後空翻。

這比疊羅漢刺激多了！黑咪把自己掛在橫槓上，好像有什麼東西從嘴裡跳出去，全身冰涼發軟。聽不到「喵嗚」聲，連列車轟隆也沒，安安靜靜，眼前模模糊糊；沒錯，就是這種「世界只剩下我」的感覺令他著迷。

向著前方大圓圈軌道，列車哈哈哈大笑：「夥伴，我來啦。」三百六十度空中迴轉軌道扭曲身體結實回應它：「合作愉快！」

衝上圓圈時，列車往右傾斜，黑咪歪倒身子「喵」一聲。倒掛在圓圈頂時，「喵嗚」，黑咪放開前後腳，尾巴捲住橫槓。當列車順著軌道圓弧咻溜下來，順勢往左傾斜，黑咪也鬆開尾巴，飛了出去。像一隻鳥！

「霍噢！」底下等候觀望的遊客叫出響亮聲音。誰利用雲霄飛車表演放鴿子啊？

叫我飛天貓！黑咪朝高塔「飛」去，飄浮的感覺實在美妙，可惜很短暫，他得趕快考慮怎麼停落。

「這是什麼鳥？」老鷹飛到黑咪身邊掀翅唳叫，搧出一陣風吹歪了黑咪。

喔，高空遇到亂流真麻煩！黑咪努力穩住身體。

「這能吃嗎？」老鷹飛到黑咪頭上。

媽呀，「不行！」黑咪大叫，渾身勁道洩光了。老鷹利爪伸出來

時，黑咪也急速下墜，差些些被抓住。

爬在天空的貓，沒有被老鷹抓走，這是好還是不好？

在遊樂場花園大道仰頭瞇眼，管理員心裡喊：「下來下來，快逃！」又握著拳頭捏：「抓住牠，抓住牠。」哇，好像他是那隻貓，又好像他是那隻老鷹。直到老鷹飛走，黑貓消失，他長長吁出一口氣後，才愣愣發傻：那貓，怎麼能逛到天上去？

22 到底是什麼東西？

藝高膽大的流浪貓黑咪，被雲霄飛車拋出車廂，在空中享受飛飄的快樂，還沒過癮呢，老鷹就伸出利爪要抓他，黑咪嚇掉一身力氣，縮成毛團團的球落下，老鷹沒抓到。

「這叫快速變化球，你漏接！」黑咪很興奮。跟老鷹和雲霄飛車一起玩棒球，作夢都沒想過

的事，居然真實發生了。

老鷹嘯兩聲，認輸飛走之前用力搧翅膀：「祝你好運。」這麼快速古怪的變化球，恐怕也沒有誰能接住吧！

趁著氣流，黑咪趕忙開展身體，甩尾巴控制方向，往一根高高圓柱「飛」過去。飛簷走壁或攀岩爬樹他都會，困難的是要有創意；到天空裡玩一趟絕對夠創新，但若只是平安回落地，那又不稀奇了。

「喵——」黑咪看著圓柱打主意。

柱子頂上一個大大人頭，橫眉怒眼，好像說：「你敢上來我就讓你哇哇叫！」冷颼颼硬梆梆，完全沒得商量。

別這樣嘛，這附近只有你可以跟我玩啊。硬著頭皮靠上前，黑咪先拉拉那個頭上的髮帶，抱住人頭轉一圈。雖然有準備，黑咪還是被硬硬頭殼碰得喵喵叫，他忍不住再抓抓那張臉，嘿，連皮膚都硬得會傷趾爪哩。

發現這傢伙難溝通，黑咪縮捲身體，很快溜過張開的大嘴，滑進脖子底下一個大黑窟窿裡。

咦，有人被綁坐在牆上懸空的椅子，三個人六隻腳踢踢晃晃，見到飛過來一團黑，全都哇哇喔喔出聲音：這是什麼？砲彈喔？打到不就死了？快啊！快開動啦……

飛暈了的黑咪，聽不出他們是在喊救命，還是在歡呼。哎呀喂，飛天貓我還要你們拉一把咧。沒空回答人家，黑咪只能在心裡說。

機靈的伸出腳，黑咪勉強在翻墜中勾到一隻鞋，以為晃兩下就可以

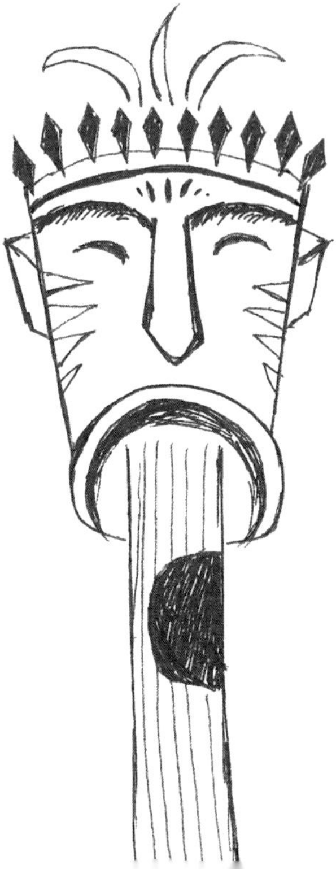

掛住身體，誰知道椅子突然下墜，那三個人通了電一樣，同時拔高聲音一起叫。

不得了，尖叫聲電到黑咪，他縮腳彈開來，再度摔下。還好椅子跌得比他快，轟隆隆衝過身邊時，黑咪及時抓住一個什麼東西。

什麼東西？

椅子上的人先見到黑黑一團「忽」地砸過來，嚇一跳；尖叫聲啓動開關，自由落體「咻」落下，屁股好像空了，腦子裡白茫茫，眼睛還瞄到黑影閃過，下意識動動腳……才就這些感覺，椅子已經頓一下，慢慢彈晃，停了。啊，眼睛眨眨、回過神，再呼口氣，這樣就回到地面啦？

三隻嘴巴重新嘰嘰喳喳：「我心臟好像停了。」「眼睛還沒眨完就到了。」「哈，有趣，好玩，我還要再坐一遍。」嘖嘖咂咂，完全忘記剛才緊張害怕的慘叫。

走下座位時，馬尾女孩發現右腳鞋帶鬆脫，兩截黑繩子歪撇耍賴分邊走。旁邊花衣婦女卻光著一隻白腳丫，羞得她大聲嚷：「啊我的鞋咧？」包頭繡花鞋一隻還乖巧套在她腳上，另一隻怎麼不見了？也玩自由落體去了唷！坐中間的短髮妹低下頭看腳，鞋子好好的，襪子卻一高一低，這就奇怪啦：「誰抓我襪子？」

工作人員拿來遊客落地時的快照，相片裡三朵花笑哈哈，美麗又快樂。可是，花衣婦女和短髮妹的腳被團黑影遮住了，三個人皺起眉頭問：「這是什麼東西啊？」

樹叢下，靜靜喘息的黑咪也問：「到底是什麼東西啊？」從天空落到地面，他全身痛得沒力氣喵喵唱歌了，只能回想剛才著地的驚險刺激：飛天貓不只玩自由落體，還玩撐竿跳加滑壘，夠厲害的啦。翻滾中抓到的東西頂住他身體，稍稍彎曲再彈起，畫個小小弧形後黑咪滑進樹下陰影，嚇跑三隻麻雀連聲呼：「驚奇！驚奇！是什麼東西？」

到底，他是抓住什麼東西當作跳竿呢？或者，是什麼東西好本事，接住他這顆快速變化球呢？黑咪垂下眼皮，把問題帶入睡夢裡。

23 貓虎一家親

走在人少樹多地大的空曠處，黑咪嗅聞新鮮好玩事兒。「喵」，那片大鐵門後面好像有古怪。他停下來，前腳按地，身體向後拉，像是伸懶腰卻猛地竄躍出去，跳上鐵門。

門後沒有稀奇事，只有一大片黃土地，黑咪在地上滾啊翻啊，當作自己在海灘日光浴。

「喂，你身上有跳蚤嗎？」聲音從黑咪頭上傳來。

肚皮仰天笑的黑咪倏地翻身。「喵」，先看到高高長長四隻腳，再往上，又看到一截長長高高的脖子。「喵」，這傢伙從哪裡冒出來的？

「你才是從土裡冒出來的。」長頸鹿凶巴巴說完，溫溫吞吞一步一步走開。

黑咪玩興大發，蹦地跳上長頸鹿的背：「載我去玩！」

長頸鹿斜睨一下黑咪：「你跟他說沒有用，要我說『好』才行。」

咦，這是什麼意思？黑咪還沒弄清楚，一隻小猴崽順著長頸鹿脖子溜滑梯下來。

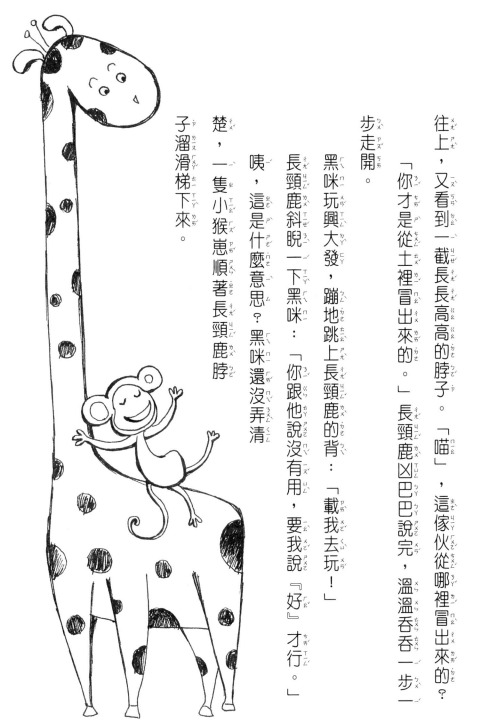

「鹿亞猴嚨痛，我負責幫他說話。」小猴崽撓撓腮，神氣巴咧的推開黑咪：「誰准你來這裡？下去下去。」

喵喵兩聲，黑咪齜牙咧嘴伸出前腳猛力拉猴崽，不客氣的吼他：「你也下去。」一黑一灰兩個傢伙就在長頸鹿背上比摔角。

長頸鹿好脾氣，慢條斯理載著他們晃到大草地上，停住腳自顧啃樹葉。猴崽跳上樹，吱吱吱一路告狀去，立刻，枝葉刷刷響、地面砰砰動，不知道找了多少救兵來。

聽見騷動聲響，遠遠高處有人停下身子來看究竟。

黑咪機伶的跳上一根大石柱，媽咪呀，來的都是大塊頭：駱駝、斑馬、羚羊、犀牛、大象、袋鼠、山豬；這些天南地北的傢伙怎麼都湊在一起？

投降投降！黑咪鬥不起大傢伙，轉身逃跑，竟然還有大鴕鳥追過

來，嚇得黑咪跌入一灘泥塘裏了一身漿。

「來這裡做什麼？」鴕鳥大嘴啄下來，一邊問。

哈哈哈，遊客們詫異又開心，這是動物園安排的特別秀嗎？

黑咪屁股痛死了，彈起身先摔一堆爛泥送鴕鳥，跟著又拼命跑。前面鐵絲網圍堵著，猴群巴在上頭哩，不給過！

怎麼辦？黑咪喵喵怪叫，乾脆跳到鴕鳥背上。以為自己趕走了貓，鴕鳥慢下腳步快樂掀翅膀，轉圈跳舞，卻被山豬舉起獠牙嗆笑：「鴕背的鳥。」

大象搧動蒲扇耳，長鼻子撈起黑咪朝鐵絲網外拋：「小朋友，你不能進來這裡頭。」

看動物們展現拿手絕活，遊客們都用力拍手：夠精采！很有趣！

「我知道了。」紅衣小女孩大聲說：「那隻貓沒有買門票！」

才怪咧，誰規定貓要買門票？黑咪飛過鐵絲網後，豎起尾巴喵喵喵大聲抗議。

繞過鐵絲網，大片石壁高高站，山頭有低沉嗚嗚聲，喔，那底下有洞哩。黑咪溜進去，找到一個角落。

咳呀呀，母老虎正在哄虎崽睡覺，搖籃曲哼得自己先垂下了頭，一隻黃皮黑紋的小傢伙還在扭扭滾滾。黑咪挨擠到虎崽邊，小傢伙抓了黑咪身體就偎過來，囡囡撒嬌。

「我們出去玩。」黑咪跟虎娃兒玩成一團，越看越喜歡，招呼他們往外走。母老虎從咕嚕呼嚕的瞌睡中晃醒，迷糊裡看到黑咪，「霍，我有生一隻小灰虎嗎？」

張大眼瞧，兩三個影像在前面動來動去，線條層層疊疊。唉，母老虎眼睛不好，搞不清楚自己生了什麼樣的虎寶寶。

「出去玩，出去玩。」虎崽鬧著母老虎：「去外面，去外面。」

母老虎眼睛瞇成細線，要找那隻小灰虎，「走吧。」外頭亮，陽光會把毛色曬黃曬紅。

裹了泥漿，沾了老虎味，黏了黃毛金絲的黑咪，跑出洞口，一溜煙站到鐵絲網邊，張牙舞爪朝動物們扮鬼臉。虎崽兒也跟過來，朝鐵絲網嗚嗚吼，巴住鐵絲網胡亂抓。

聽說虎媽媽帶著虎寶寶現身，遊客們立刻圍擠來、爭著看。

猴群離開鐵絲網，跳到長頸鹿、駱駝、犀牛、大象的背上吱吱吱：小老虎好兇哇！

大象舉著長鼻子，抬起前腳嚴肅莊重的宣告：「母老虎，看好你的小朋友，讓他們隨處逛是很危險的。」

悠閒坐在虎崽後，母老虎吼兩聲：「有本事到處逛，很好啊。」

這話說得太棒了，黑咪樂得在地上打滾。兩隻虎崽兒放下鐵絲網，也學黑咪來弄蹭玩鬧，黑黃泥灰混成一團。

咦，這不是剛才沒買門票的那隻貓嗎？遊客跟動物們都認出黑咪來。

犀牛甩著大頭看不懂：「母老虎，你怎麼生了三隻小貓咪？」

瞇眼瞄、睜眼瞧，母老虎撓撓下巴：「老虎也叫大貓，生出的虎崽當然是小貓，有啥奇怪！」

真的沒問題嗎？駱駝嚼著嘴慢吞吞說話：「老虎的媽，你會不會是，給他們穿錯衣服啦？」為什麼有一隻小傢伙灰不溜丟的？

哎喲，把那身灰泥洗乾淨不就得了？母老虎吼退這群多嘴的鄰居，叼起黑咪來到水池，先左漂右洗涮兩下，接著把他泡入水裡撳撳按按。

遊客們屏住呼吸、寒毛豎起來，虎媽媽該不會是要吃麻辣涮涮鍋吧？

兩隻虎崽看見好玩，「撲通」「撲通」爬進水池，吵著母老虎：

「換我，換我。」「我也要，我也要。」

「吼！」母老虎忙不過來，乾脆抬腳踏進池裡，陪虎崽兒拍水花。

黑咪洗去一身髒，毛色黑得發亮，連視力差的母老虎都看出他不一樣，「全身黑嗎？真糟糕，我是不是把你的黃色洗掉了。」虎爪拎起黑咪翻開毛細細找，虎眼幾乎貼到黑咪身上。

噢，老虎一定餓了，那隻貓完蛋了！圍看的人捂嘴撫胸口，有人忙把小孩背轉身：「別看別看。」

媽咪呀，千萬別吃我！被舉在虎口邊，黑咪嚇得閉上眼，心裡大聲慘叫嘴巴卻說：「沒關係，沒關係。」

母老虎吼吼吼，開心大笑：會有什麼關係？黑皮好啊，快樂嘛；只有我這種媽才會生出快樂的黑老虎。

虎嘯震天，黑咪被吼得全身皮皮剉，努力張開嘴巴：「不對不對，不是黑老虎，是黑貓咪。」

「好吧，隨你。」母老虎放下黑咪：「等你長大了再做老虎。」小傢伙很霸氣，做老虎絕對第一名。

「我已經很大了。」黑咪跳出水池大聲說，「我要做一隻黑貓咪，叫我黑咪！」

嗄，貓在老虎面前張鬍鬚、擺神氣？遊客們不斷揉眨眼睛，趕來查看的飼養員放下麻醉槍，喃喃自語：「奇哉怪哉。」

兩隻虎崽兒樂哈哈溼答答，也爬出池子來：「做貓咪，做貓咪。」卻哈啾哈啾打噴嚏，把母老虎嚇一跳，這個樣子真的不像老虎，只像著涼感冒的病貓。

攬著虎崽，母老虎嗚嗚低吼：「一隻虎崽，兩隻虎崽，三隻虎崽囡囡；想做貓咪，想穿黑皮，哈啾哈啾打噴嚏。」這就是老虎的搖籃曲嗎？虎崽兒嗚嗚學唱，眼皮很快就垂下了。

黑咪不會老虎吼，他只會喵喵喵大聲唱歪歌：「黑皮花皮，貓咪老虎，都要歡喜做自己；吃飽睡飽，玩水爬山，長大去流浪最好。」

吼，怪聲怪調把母老虎嚇兩跳，「我真的生出一隻貓喔？」「你已經學會做一隻貓啦？」還有還有，小傢伙你要去哪裡？

「別害怕！」用最溫柔的聲音，黑咪告訴母老虎：「我喜歡做一隻貓。」而且是一隻與眾不同、愛到處逛的流浪貓。

「我會告訴大家，動物園裡有happy的虎媽咪。」細細輕輕的聲音把母老虎哄得漸漸低下頭，眼皮一點一點閉起來。

聽到大虎小虎呼嚕咕嚕鼾聲，遊客「喔喔啊啊」議論紛紛：不可思議，貓把老虎催眠了！

飼養員瞪大眼，貓虎一家親，可能嗎？咧開嘴，黑咪伸個大大懶腰。沒有錯，貓虎一家親，可是，「我要去流浪！」

「喵喵」，跳上鐵絲網，黑咪跟所有動物們說再見，神氣得像隻黑老虎。

24 你在找我嗎？

在遊樂場進進出出，流浪貓黑咪玩得很過癮，可是幾天來，不管走到哪裡，黑咪都察覺有雙眼睛盯著自己。

起先，他以為是遊樂場的流浪貓，「怕我搶地盤」，他想。

最有可能是那隻陰陽眼的怪貓阿鬥，那傢伙性子火爆，器量小，稍微一點事都會惹阿鬥炸開脾氣。

玩過疊羅漢之後，黑咪確定跟蹤他的不是貓族朋友，每一雙貓眼的注視都不會讓黑咪的毛立正警戒。

那麼，是其他動物嗎？流浪狗？

黑咪「喵」一聲，「才不。」「我哪會怕狗。」狗們很可愛，不會在背後暗處躲著偷窺，總是大老遠開始吠叫出聲，一路衝啊，聲勢嚇人的通知對手：「我來了，你快滾！」他們都是我的腳下敗將，而且，狗從不曾讓我的背脊涼颼颼。

會是蛇、老虎、大象、猴子、長頸鹿……這些動物園裡的傢伙嗎？

黑咪喵喵叫，脖子的毛突然一根根顫抖，喉嚨不由自主的振動。他警覺的跳進旁邊大樹叢，再跳過噴流泉的假山，繞過假山後的鐵欄杆，順著整排茂密綠籬，黑咪仔細巡視剛才蹲踞的牌樓。

唱歌的鳥依舊高聲，看不到其他動物，只有來往的人：拿相機、背包包、吃東西、講電話、看風景，男女老少各有各的事情。黑咪一個又一個，把牌樓附近的人看一遍，咦，穿藍夾克灰長褲黑球鞋理平頭的男人，撥開樹叢上下裡外看，在找什麼？

感到背脊涼颼颼，全身的毛一根根立起來，皮顫抖著，黑咪咧嘴「喵」，叫聲啞啞的，會是這個人對他不懷好意嗎？

有懷疑就要查證！黑咪跳上樹叢，沒驚動半片葉子，巧巧悄悄來到平頭男前方的枝條。

「喵——」黑咪試探的叫喚：你在找我嗎？

平頭男很快抬起頭，貓叫！在哪裡？

「喵——」黑咪跳下枝條，迅速竄過平頭男面前。

「喂，等一等……」瞥見黑影一溜煙跑過，平頭男伸手蹲身要抓，只摸到空氣。他摔著雙手搖頭聳肩，唉，這貓，太機靈了！

「喵——」黑咪輕鬆了，遇過太多想抓他摸他的人，「我才不怕人！」

「喂，咪咪喵！」

聽到熱情的大喊，剛誇口的黑咪驚得從滑梯下陰影彈起來。是誰？這聲音叫得黑咪很丟臉，呵，像在喊飼養的寵物喔。

光頭男孩阿寶，一直想把黑咪當寵物養，在學校時每天都找黑咪玩，他也來這遊樂場要找黑咪嗎？

「你怎麼在這裡？」黑咪喵喵嗚嗚問，不料阿寶也這樣說：「咪咪喵，你怎麼在這裡？」

慘了，阿寶不只大聲叫，還興奮的招手叫人：「爸，媽，就是他啦……」

黑咪又躲進暗影裡。阿寶的爸爸媽媽應該不是壞人，但可能會抓他。

高興的叫爸媽過來，阿寶一回頭找不到黑咪，立刻又哭喪著臉：「啊，咪咪喵跑掉了。」

「你真的見到貓咪嗎？」爸爸往滑梯下看，又繞一圈找，沒有什麼發現。媽媽心疼的拍拍阿寶，孩子老是把「咪咪喵」掛在嘴上，到底真有沒有這樣一隻貓呀？

跑得老遠後，黑咪喵喵嘆氣：唉，弄錯了，盯著我的不只一雙眼睛，看吧，連阿寶都從學校追到這裡。

想到學校，黑咪立刻想起好朋友老鼠小小，想起滑梯下自己的寶座；想起自己答應花花草草，假日負責澆水，不讓他們口渴；作為學校的校警，自己跑出來流浪玩耍，實在太不負責……

陷入發呆的黑咪，沒注意周圍，他大喇喇走在遊樂場區的大馬路上，走得挺神氣挺尊貴，像穿黑絲絨禮服走伸展台的國王，一步一步穩穩慢慢踱。呵呵，這下子看住他的眼睛更多啦，誰能不朝這霸氣漂亮的黑貓看上幾眼呢？

逮住這個好機會，跟蹤黑咪的平頭男甩出手中大網，捕魚般往黑咪罩落。「這是我的貓。」他跟周圍的人群說。

黑咪落網了嗎？才不，他在阿寶手臂彎裡。剛才網子推湧空氣小聲警告他：「快跑！快跑！」他跳出黑影時，正好看見阿寶，好吧，回學校去：「我要回家。」

「咪咪喵，我帶你回家。」阿寶抱著黑咪，高興的大聲喊。

「喵嗚」，黑咪動動尾巴，嗯，這個阿寶，真的聽懂我的喵喵喵哩。

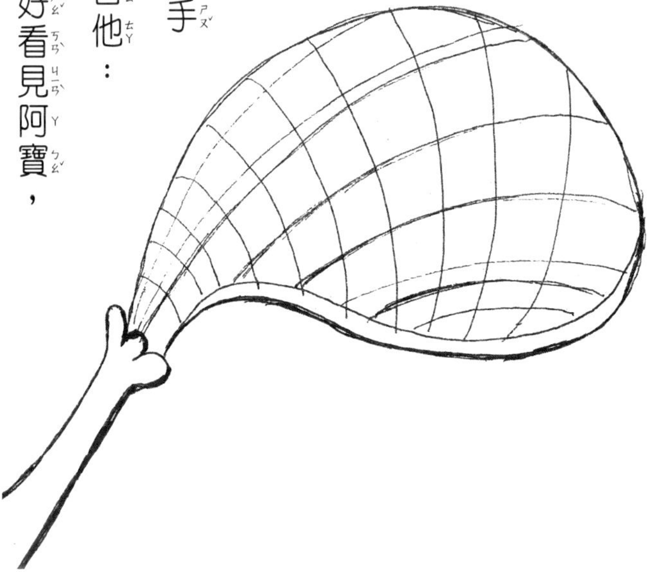

25 哈囉瘟的主角

大冷天，黑咪和老鼠小小逛校園。

平常熟悉看到發膩的操場、教室、走廊，不知為什麼都放著奇奇怪怪的東西：掃帚釘在牆上，洋蔥蒜頭南瓜隨處都有；紅的綠的紙彩帶，白的銀的蜘蛛網，垂著繞著飄飄晃晃；大的小的十字架，斜靠牆腳平躺洗手台，姿勢不一樣卻都歪的。天暗又冷，小朋友喳呼喳呼熱鬧滾滾，校園像一鍋沸騰的水，這裡那裡不斷冒出叫聲。

研究一會兒，他們發現禮堂最特別，外頭掛了整排紙做的橘紅南

瓜，亮著鋸齒嘴巴大大微笑，裡頭卻黑墨墨沒半點光，門窗用黑布圍罩，似乎遮藏著大秘密。小朋友們排了一條長長隊伍，三五個人勾肩拉手推擠成團，很像串起的章魚燒，就要送進神秘禮堂的烏漆口腹。

黑咪喵喵咂嘴，章魚燒好吃耶！「我們進去看看。」一貓一鼠貼著牆角、躲開人腳，不用排隊就進了黑布罩。

喔，暗濛濛涼颼颼，只聽見喇叭說什麼「哈囉瘟」。迎面雙岔口，黑咪往左，小小往右，各走各的。左邊是條隧道，走沒多遠就碰壁，黑咪抬腳摳摳牆，竟然亮出一道藍光，慢慢閃過他頭頂，原來要右轉。光熄滅後，黑咪聽到腳步聲，幾個小朋友跑過來哇哇哇喊：「只是暗暗的，又不可怕。」「好無聊。」「這裡有什麼好玩的？」說著說著就撞上牆。黑咪「喵嗚」出聲要提醒他們轉彎時，藍光又亮起來，幽藍洞裡傳出細細叫聲，小朋友驚疑的停下身轉頭張望。

黑咪右轉過去。咦，牆邊站著兩個人正在戴面具，又白又尖的牙齒加上紅紅的大嘴，讓黑咪渾身不舒服，「不可以嚇人！」他齜牙咧嘴兇狠狠喵喵吼。那兩人果然朝小朋友嘿嘿笑做鬼臉，小朋友迎面撞見吸血鬼擋在路中間，地上還有兩顆勾魂的藍眼珠滾啊滾，立刻嚇得尖叫抱頭擠在一塊。

等到這兒安靜些，更裡面暗處又有小朋友啊啊叫，「哈囉瘟」不會是讓人怪叫的病吧？黑咪跑過去時遇到一具骷髏，從角落慢慢爬出來，大膽黑咪踩著骷髏頭跳過去，骷髏居然還「磔磔磔」怪笑。

再轉彎後，幾個小朋友興奮的哈哈笑。黑咪看他們，呀，打扮得真邪惡：有人全身白衣卻到處是紅紅傷口，有人穿稻草裝又掛狗鍊在身上，有人戴尖尖高高的黑帽子扮巫婆，有人把臉塗得烏青發黑、留著細細長長指甲。黑咪終於搞懂了，「哈囉瘟」就是嚇唬人的意思。

他巴住牆壁，抓起巫婆尖帽子戴到白衣人頭上，又跳過稻草人身前，把狗鍊扯得匡匡響。只這麼兩下子就把小朋友嚇住了，是誰搞鬼啊？他們狐疑的停住笑鬧，卻不小心看到頭頂上飄著兩點藍藍亮亮的光，還會上下左右轉。

「啊，鬼！」幾個人跳起來拔腿衝啊，嘴裡唉些什麼都不知道。黑咪跟著他們，走沒幾步居然就不見人了。路分成好幾條，想一想，黑咪往右走。

哇，好像蜘蛛洞喔，許多繩子勾勾纏纏結出大網小網，黑咪跳上去，攀住繩網爬過一格又一格，這比在地面呆呆走有趣多啦。一個小朋

友闖進來，暗暗裡乍見四爪張開垂著尾巴的網上黑影，嚇得全身汗毛立起轉身衝出去，「黑……黑……」，黑係啥米？小朋友急著找同伴來看究竟。

「吱吱」「吱吱」，黑咪聽見身旁熟悉的叫聲，問老鼠小小：「你嚇他喔？」

又沒有！「是我被嚇到……」

許多人在黑暗裡亂跑，還不時尖叫，這邊「哇」那邊「啊」，小小驚險躲過被踩，以為爬到牆上安全一點，想不到掃帚會動、斗笠會飛，機關一大堆。「可怕，可怕。」小小跟在黑咪後頭囉囉嗦嗦。

「討厭鬼……」有個小女生辮子被拉扯，氣得回頭要罵人，卻見到背後一個骷髏伸手要抱她。小女生嚇哭了，矇頭跺腳就是不會跑，黑咪和小小趕忙「喵喵」「吱吱」，爬到骷髏身上去阻止：「不可以欺負小朋友！」

哎呀喂，骷髏慘叫一聲，丟下小女生就跑，「有鬼！」「鬼！」「救命啊！」骷髏居然也怕鬼，而且怕到忘了怎麼跳，只會像人一樣跑。

帶著小小，黑咪悠悠晃。他爬完蜘蛛洞不過癮，乾脆踩著天花板從高處往下看。燈光一閃一閃，照出貼著牆站的獨眼瘸腿傑克船長，肚子上纏了一圈圈沾血的繃帶。不會動的人嚇不倒小朋友，反而被小朋友吐舌頭作鬼臉：「我就是不怕咧。」

唉，可憐的鬼！黑咪靠近傑克船長身邊，同情的嘆口氣：「喵——嗚——」悠悠長長、慢慢細細的叫聲，把小朋友驚得倒彈往回跑，傑克船長渾身一震，丟了拐杖也抱著頭衝，繃帶拖在身後長長一條。

聽見鬧哄哄，到處都在嚷叫「有鬼！」「真的有鬼！」「是真的鬼……」阿寶甩了白浴巾不敢再裝鬼，忙著要找同伴離開。慌亂中跌一跤，有個什麼東西在他手背撳撳按按，阿寶噁心又害怕，腳軟手抖爬不起來，哇地哭出聲：媽，媽……

「別怕別怕，那都是假的。」先趕來的閻王老師摟緊阿寶安慰他。

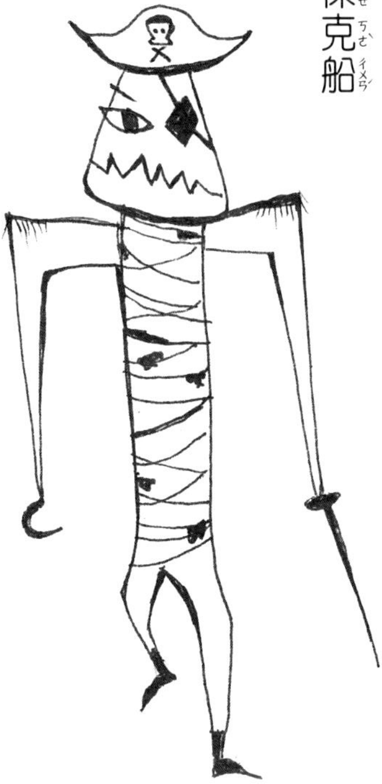

「哪裡？」「在哪裡？」主任和老師們分散去找鬼，腳步「趴趴趴」重重踩。一整個鬼屋都是小孩哭聲，聽說鬧鬼，大人衝進來急著喊：「我兒子呢？」「妹妹，妹妹，你在哪裡？」「有看到王小花、王小旦嗎？」「搞什麼鬼屋，嚇壞小朋友！」

一群大人仰頭後全倒抽一口氣，天花板上一團白影飄遊不定，先是高高鼓起又再慢慢伸長躺平。慘了，萬聖節鬼屋真的來了鬼！

「開燈，開燈！」校長急得大喊。禮堂內外立刻亮得像白天，什麼隧道牆壁岩石山洞，全都是課桌椅木板堆疊架立，再用黑色塑膠布遮蓋就成了。小朋友看得瞪直了眼，啥？這一點也不可怕嘛。

「在那裡！」有人先叫出來。阿寶偷偷瞄，咦，那白毛巾是他的呀。

一隻黑貓從白毛巾下頭爬出來。

「咪咪喵！」阿寶看清楚後站起來大喊。「噢！」閻王老師捧著下巴慘叫，阿寶的鐵頭撞得她牙齒嘴唇碰出血了。

嚇到的還有黑咪。剛才一塊布冷不防飛落，把他兜頭罩住，什麼也看不見，抓抓扯扯又掀不開，幸虧老鼠小小來解圍，咬著布使勁拖。黑咪好不容易鑽出來，誰知道底下一堆人看著他，燈光又這麼亮，幹嘛呀，我是主角嗎？

哈哈哈，這就是鬼喔！小朋友張嘴大笑，笑到抱肚子彎腰掉眼淚；所有的大人鬆了肩，大大哈氣：還好還好，沒有鬼，只是貓。

26 拜年的滋味

老鼠小小聽到小田鼠布布的聲音：「喂，小小，你記得出去拜年喔。」

這是昨天布布來找他時所說的話。

「你呀，真是超級大怪鼠。」才一見面，布布就劈哩啪啦地說個不停：「不愛熱鬧，卻偏要住在城裡，還說是隱居，哼。」甩甩尾巴，布布爬上竹子，轉過頭又繼續發表高論：「想隱居就該住到山裡呀、森林裡呀、田裡呀，起碼也住到鄉下去，人少又安靜嘛。」

小小亮晶晶的眼睛眨呀眨，跳到布布頭頂上抓起一根竹子，悠閒的啃起來：「布布啊，你找我有什麼事嗎？」

布布也啃一啃竹子，牙齒舒服多了。「是大鼠頭叫我來的，他叫你今年過年一定要記得出去拜年。」

「你們去拜就好了，我不想出門。」小小抓抓頭，搓搓嘴。

「嘻嘻，就知道你會這麼說。」布布用力舉直尾巴，宣佈大鼠頭的吩咐：「平常你偷懶沒什麼關係，這大過年的，可不准再推託。」

「為什麼？」

「新的年是鼠年，鼠來寶，鼠來湊熱鬧！大家等著看咱們老鼠的

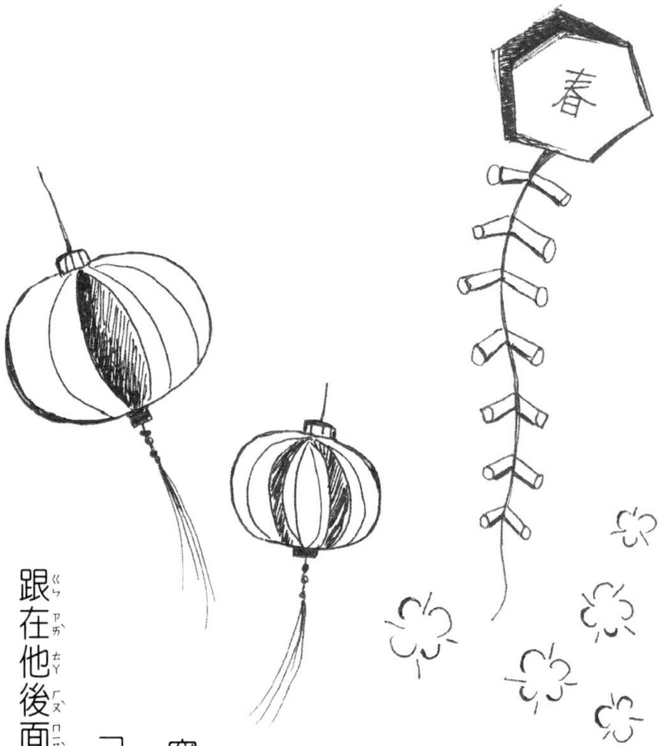

表現，誰也不准偷懶。」說完大鼠頭的宣佈，放下尾巴，布布覺得輕鬆多了。當大鼠頭要這麼舉著尾巴，真累啊！

「好吧。」小小拖著尾巴爬回窩裡。

「喂，小小，你記得出去拜年喔。」布布跟在他後面嘮叨：「你是咱們鼠類中最有福氣的，大鼠頭說，見到你的人就有福氣，你千萬別偷懶呀。」

昨天布布說了這一大堆話。

可是現在，小小懶懶的探頭朝外面瞄一瞄，空蕩蕩沒什麼人，要跟誰拜年呢？天空陰陰冷冷，窩在家裡多舒服。

「如果小朋友今天來上學，我就可以把福氣分給他們了。」小小搓搓嘴，自言自語。

周圍好安靜，連平日起早來練歌的麻雀都還沒出現，看樣子，如果不出去找個人或動物什麼的，自己是沒法子完成大鼠頭交代的任務嘍。溜上菩提樹枝，小小一路順著枝幹爬到教室樓頂。這裡一排三四棵的菩提樹又粗又壯，長得很高，旁邊還有幾棵竹子，密密長長的聚成一叢，正好跟黑板樹親熱的依偎著。

住在這裡好得很哪，一邊面對寬闊的操場，另一頭樹枝伸展到教室走廊屋頂，小朋友讀書運動的樣子都看得到，有點熱鬧又不會太嘈雜，有點安靜又不會太孤單，這樣的隱居才好呀。

像現在，布布一定想不到，這裡居然沒有人！

小小從樓頂四下張望，有了個好主意：「我去跟每間教室拜年，把福氣分給教室，讓小朋友都有福氣。」

要從樓頂爬到教室走廊，一點兒也不難，可是，教室的門窗緊閉，硬闖進去有些不好意思喔。

「喂，你要做什麼？」突來的喵喵聲叫住小小，是黑咪。看到小小溜上樓頂層，他不想跟著學樣，改從水管爬上來。

「我跟教室拜年。」小小吱吱叫，大鼠頭交代我要跟大家拜年。

「拜年要光明正大，怎麼可以咬破門窗呢！」

算了。小小回到樹頂上，呆呆望著操場。

黑咪被小小冷落，覺得沒趣，兜一圈後又來找小小：「你為什麼不跟我拜年？」大鼠頭有規定要向誰拜年嗎？

「老鼠，貓咪。」樹底下，有一張高興的臉望著，阿丁笑嘻嘻喊。

小小嚇一跳，想跑。

「別慌！」黑咪喵喵叫，這個小朋友只是打招呼，怕什麼。

「老鼠來，貓咪來，我請你們吃松子軟糖。」阿丁仰著臉，笑得像太陽。

小小跑了兩三步又停下來，看著阿丁。

「老鼠來，貓咪來，我請你們吃糖。」阿丁在樹下招手。

小小爬到阿丁頭上的樹幹，看他。阿丁攤開手，一顆糖躺在他手心：「老鼠來，給你。」

小小沒有動。

「新年快樂，請你吃糖。」阿丁笑咪咪。

「去吧，你不是要拜年嗎？」黑咪伸出鬍鬚搓搓小小。

對了，要拜年！小小趕快豎起尾巴轉三圈，黑亮亮的眼珠向阿丁眨呀眨：「新年快樂，福氣給你。」

「哈哈。」阿丁開心的舉起糖：「謝謝你，請吃糖。」

阿丁把糖果紙剝開，往上一拋，香香的松子軟糖被小小接住了。

「喵」，黑咪輕輕叫，阿丁呵呵呵拋出一顆糖：「貓咪新年好，請你吃糖。」

阿丁從口袋裡又掏出一顆糖，剝掉紙，整塊塞進嘴巴，嚼呀嚼。

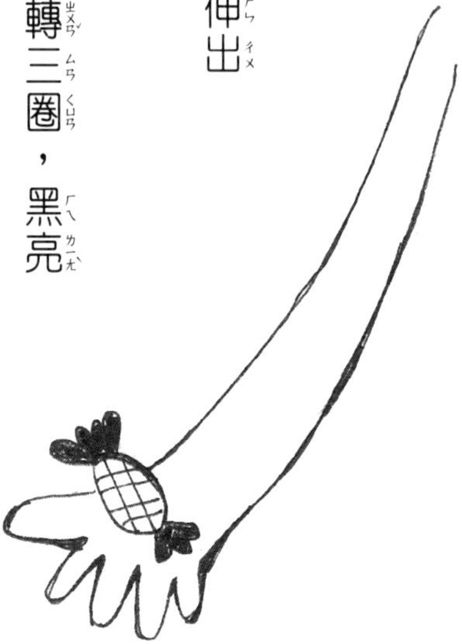

小小和黑咪也把糖放進嘴巴，嚼呀嚼。他們一起吃糖。

新年的第一天，拜年的滋味又甜又快樂，好好唷！

27

黑色才是王道

校園裡，小朋友跑跑跳跳的，又快樂又可愛，能跟這樣一群小天使住在一起，流浪貓黑咪覺得自己實在太幸運了。

不過，他現在很不開心，小朋友都穿得漂漂亮亮，五顏六色很好看，他卻全身烏漆墨黑，太沒有看頭啦！

其實，黑咪那一身黑絲絨毛又細又軟，黑得發亮，附近的貓狗誰不羨慕呀，偏偏他自己想不開。

黃蝴蝶最先發現黑咪有心事，剛才她邀黑咪：「我們來玩捉迷藏吧。」黑咪竟然垂著眼皮沒答腔。

平常黑咪最愛跟蝴蝶們玩，他會覷準蝴蝶們稍稍慢下來的身影，迅如閃電的伸爪去抓。

「哎呀，那不是要被抓得粉身碎骨了嗎？」頭一次聽到這遊戲時，黃蝴蝶驚嚇得渾身發抖，不料蝴蝶們卻笑她：「你有這麼差勁嗎？」

「除非你在打瞌睡！」

校園裡的蝴蝶都愛跟黑咪玩耍，黑咪追蝴蝶的畫面還是校園十大美景哩。

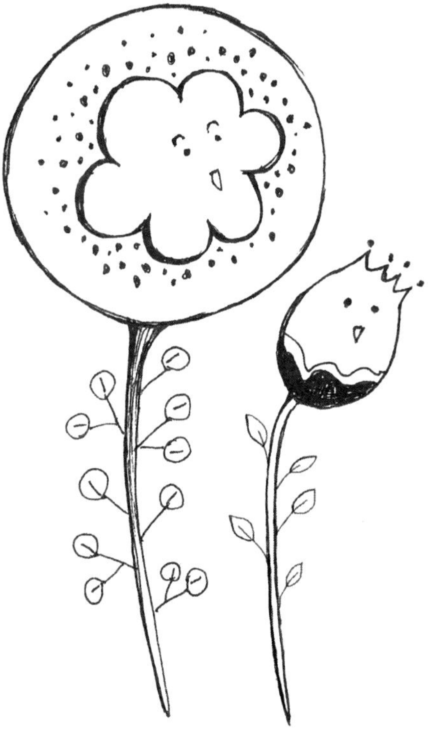

可是現在，黑咪不玩了！

「你怎麼啦？」「生病了嗎？」蝴蝶們圍著黑咪飛上飛下，都來關心他。

黑咪瞅著她們，無精打采的「喵喵」兩聲，「你們自己去玩吧。」

咦，這不像黑咪平常的模樣。蝴蝶們飛去向花朵打聽：「他怎麼了？」

花朵們綻露出最美的笑容，嬌囡的擺動腰身歡迎蝴蝶們：「欸喲，別管他了，來唱歌跳舞吧。」

不行啊，一定得弄清楚。蝴蝶們飛去向小朋友打聽，小朋友追著蝴蝶跑：「蝴蝶！蝴蝶！好漂亮唷！」

黑咪傷心的閉起眼睛，可是那花花綠綠、紅黃粉紫的一大堆色彩，還是在他腦子裡轉呀繞呀，想得他頭都昏了：「為什麼我不能像他們那樣有顏色呢？」

「大花貓，大花貓，好漂亮的大花貓！」小朋友的叫聲又響又吵，轟得黑咪受不了。睜開眼，他嚇一跳，哇！小朋友指著他叫：「大花貓！大花貓……」

說誰呀？黑咪低頭看自己，又嚇一跳。真的耶，身上貼著黃紅粉藍紫綠白的好多花色，藏在他腦子裡的顏色都跑出來了！

黑咪興奮的站起身。

「喂，你別亂動嘛。」「小心點，別把我們摔下來。」有幾片色彩掉下來，飛到黑咪面前叫著。是花瓣嗎？

「是我。」「是我。」「還有我！」「我也是。」……

一隻又一隻蝴蝶從黑咪身上飛起，花衣服慢慢脫下來了。

小朋友比黑咪還驚奇，叫得太陽都來看究竟：「大花貓！大黑貓！蝴蝶貓！魔術貓！」

「送給我，送給我，別走哇！」黑咪追著蝴蝶要搶回漂亮衣服。

校園裡快快樂樂，蝴蝶飛，黑咪追，後面拉著一串長長的小朋友，喵喵叫哈哈笑，花朵們彎腰點頭，黑色才是王道：「我們都還沒有黑色的花哩。」

少年文庫06　PG0635

新銳文創 黑咪

INDEPENDENT & UNIQUE

作　　者	林加春
責任編輯	林千惠
圖文排版	郭雅雯、邱瀞誼
圖文插畫	郭雅雯
封面設計	陳佩蓉
封面插畫	郭雅雯

出版策劃	新銳文創
發 行 人	宋政坤
法律顧問	毛國樑　律師
製作發行	秀威資訊科技股份有限公司 114 台北市內湖區瑞光路76巷65號1樓 電話：+886-2-2796-3638　傳真：+886-2-2796-1377 服務信箱：service@showwe.com.tw http://www.showwe.com.tw
郵政劃撥	19563868　戶名：秀威資訊科技股份有限公司
展售門市	國家書店【松江門市】 104 台北市中山區松江路209號1樓 電話：+886-2-2518-0207　傳真：+886-2-2518-0778
網路訂購	秀威網路書店：http://www.bodbooks.com.tw 國家網路書店：http://www.govbooks.com.tw

出版日期	2011年12月　初版
定　　價	270元

國家圖書館出版品預行編目

黑咪 / 林加春著. -- 初版. -- 臺北市：新銳文創， 2011.12
面； 公分. --（少年文庫；6）（兒童文學；PG0635）
ISBN 978-986-6094-40-8（平裝）

859.6 100020243

讀者回函卡

感謝您購買本書，為提升服務品質，請填妥以下資料，將讀者回函卡直接寄回或傳真本公司，收到您的寶貴意見後，我們會收藏記錄及檢討，謝謝！

如您需要了解本公司最新出版書目、購書優惠或企劃活動，歡迎您上網查詢或下載相關資料：http:// www.showwe.com.tw

您購買的書名：________________________________

出生日期：________年________月________日

學歷：□高中（含）以下　□大專　□研究所（含）以上

職業：□製造業　□金融業　□資訊業　□軍警　□傳播業　□自由業

　　　□服務業　□公務員　□教職　□學生　□家管　□其它________

購書地點：□網路書店　□實體書店　□書展　□郵購　□贈閱　□其他

您從何得知本書的消息？

□網路書店　□實體書店　□網路搜尋　□電子報　□書訊　□雜誌

□傳播媒體　□親友推薦　□網站推薦　□部落格　□其他________

您對本書的評價：（請填代號　1.非常滿意　2.滿意　3.尚可　4.再改進）

封面設計____　版面編排____　內容____　文／譯筆____　價格____

讀完書後您覺得：

□很有收穫　□有收穫　□收穫不多　□沒收穫

對我們的建議：________________________________

____

____

____

請貼
郵票

11466
台北市內湖區瑞光路 76 巷 65 號 1 樓

秀威資訊科技股份有限公司　收

BOD 數位出版事業部

....

（請沿線對折寄回，謝謝！）

姓　　名：＿＿＿＿＿＿＿＿　年齡：＿＿＿＿　性別：□女　□男

郵遞區號：□□□□□

地　　址：＿＿＿＿＿＿＿＿＿＿＿＿＿＿＿＿＿＿＿＿

聯絡電話：(日)＿＿＿＿＿＿＿＿＿＿　(夜)＿＿＿＿＿＿＿＿＿＿

E-mail：＿＿＿＿＿＿＿＿＿＿＿＿＿＿＿＿＿＿＿＿